편견과 경계를 허무는 일상의 종교학

종교,
아 그래?

편견과 경계를 허무는 일상의 종교학

종교,
아 그래?

펴낸날 초판 1쇄 2015년 9월 15일

지은이 김한수

펴낸이 임호준
이사 홍헌표
편집장 김소중
책임 편집 김보람 | **편집 4팀** 박혜란
디자인 왕윤경 김효숙 | **마케팅** 강진수 임한호 강슬기
경영지원 나은혜 박석호 | **e-비즈** 표형원 이용직 김준홍 류현정

일러스트 박진영 | **인쇄** (주)웰컴피앤피

펴낸곳 북클라우드 | **발행처** (주)헬스조선 | **출판등록** 제2-4324호 2006년 1월 12일
주소 서울특별시 중구 세종대로 21길 30 | **전화** (02) 724-7635 | **팩스** (02) 722-9339

ISBN 979-11-5846-020-4   03810

• 이 도서의 국립중앙도서관 출판예정도서목록(CIP)은 서지정보유통지원시스템 홈페이지(http://seoji.nl.go.kr)와
  국가자료공동목록시스템(http://www.nl.go.kr/kolisnet)에서 이용하실 수 있습니다.(CIP제어번호: CIP2015023782)

북클라우드 는 건강한 마음과 아름다운 삶을 생각하는 (주)헬스조선의 출판 브랜드입니다.

편견과 경계를 허무는 일상의 종교학

종교,
아 그래?

김한수 지음

북클라우드

'개불천'을 아시나요

'개불천'. 어느 동네 개천 이름처럼 들리는 이 3음절은 '개신교 · 불교 · 천주교'를 종교 담당 기자들끼리 줄여 부르는 말이다. 일종의 직업형 은어라고 할까.

종교 담당 기자들은 출입처가 없다. 아니, 너무나 많다. 전국의 교회와 사찰, 성당이 다 출입처다. 그런데 풍요 속의 빈곤이라고 하던가. 종교 담당 기자들은 한 곳에 모일 기자실도 없다. 그럼에도 자주 모인다. 간담회에서 만나기도 하고 그냥 별 이유없이도 만난다.

에피소드도 많다. 다들 '서당개 3년(?)'은 넘긴지라 술자리 때는 각 종교 의식을 패러디한 농담도 넘친다. 가령 술잔을 채워 주면서 이런다.

"너희는 받아 마셔라. 이는 너희를 위하여 흘릴 나의 피다~."

또 잔을 받아선 머리 위로 치켜 올리며 시선은 술잔을 향한 채 이렇게 말한다.

"마음을 드높이 주酒님께 바칩니다!"

한 사람이 "주酒님의 평화가 여러분과 함께~!" 하면 누군가 이렇게 받는다.

"또한 선배와 함께~."

예수님이 최후의 만찬에서 하신 말씀과 천주교 미사 전례를 보고 흉내 낸 것이다. 물론 불경스런 행동들, 기자들만의 장난기 어린 윤활유인 셈이다.

종교인들과 특별한 안건 없는 만남도 기자들의 낙이다. 한 번은 마당발로 유명한 천주교 신부님과 기자들이 모였다. 그 신부님 성당의 신자가 운영하는 고깃집이었다고 한다(당시 나는 참석하지 못하고 전해 들은 이야기다). 그 집에서 제일 비싼 부위의 고기가 끝도 없이 밀려왔고 모두들 즐거운 시간을 보냈다.

문제는 음식값. 물론 음식점 주인인 신자가 신부님을 모시겠다고 해서 마련된 자리였지만 그래도 신경이 쓰이지 않을 수 없었다. 다음은 가장 늦게 신발끈 매던 기자가 목격한 신부님의 일갈.

"이번 달, 다음 달, 교무금教務金 면제!"

물론 농담이다. 교구에 보고되는 신자별 교무금을 일개 성당 주임신부가 면제해 줄 수는 없는 노릇. 하지만 이 말을 듣는 음식점 주인 입가에도 빙그레 미소가 번졌다고 한다.

종교 담당 기자들은 기자치고는 '3D' 분야에 속한다. 우선 취재 협조가 쉽지 않다. 연세가 높은 취재원들이 많고, 이분들은 '자신들이 원하는 시간과 장소에 기자가 와주기를' 바란다. 조간신문 기자로서는 치명적인 조찬 모임에 참석할 때도 있다. 일요일 취재도 많다. 종교 행사가 대부분 일요일에 있기 때문이다. 용어 하나도 간단한 것이 없다. '하나님'과 '하느님'을 헷갈려서 썼다가 경을 치기도 한다. 이런 애환을 기자들끼리 모여서 각종 패러디 놀이(?)를 하며 잊는 것이다.

나는 2003년 9월부터 종교 분야를 맡아 2010년 9월까지 꼭 7년간 종교 담당 기자로 일했다. 그리고 3년간 다른 분야를 취재하다가 2014년 1월 종교 분야로 복귀했다. 종교인, 종교 담당 기자들과의 추억 때문일까. 친정에 돌아온 기분이었다. 그만큼 미운 정 고운 정이 들었던 모양이다.

그런데 주위를 둘러보니 일반적으론 종교에 상당한 거리감을 느끼고 있었다. 사람들은 '종교'라는 단어를 듣는 순간 이미 엄숙할 준비를 하고 있었다. 꼭 그렇게 엄숙할 필요가 있을까. 종교인도 사람이고 재미있는 이야기도 얼마든지 많은데……. 기자의 책임이라는 반성이 들었다. 재미없는 기사가 있을 뿐, 재미없는 취재 분야는 없지 않은가. 취재와 기사 작성의 각도를 좀 바꿔 볼 필요가 있었다.

이런 생각이 기사로 구체화된 계기는 프란치스코 교황이었다. 2014년 방한한 그는 마지막 일정인 서울 명동성당 강론에서 "일흔 일곱 번까지라도 용서하라"는 성경구절을 인용했다. 개신교에서는 "일곱 번씩 일흔 번이라도 용서하라"고 번역하는 문장이다. 같은 성경이지만 천주교와 개신교가 번역을 달리하는 것이다. 당연한 궁금증이었다. 개신교 신자인 독자들로부터 질문이 잇따랐다.

이 일을 계기로 "진지하고 엄숙한 이야기는 그런 것대로 다루고, 사소해 보이지만 대부분 정확히 알지 못하는 내용을 기사로 쓰자"라고 마음먹게 됐다. 문패도 내 딴에는 경쾌하게 '종교, 아 그래?'라고 달았다. 그러고는 아이템을 찾기 시작했는데 꼬리에 꼬리를 물고 아이디어가 떠올랐다.

사병으로 군 복무를 마친 후 장교로서 다시 군대를 가야 하는 천주교와 원불교 군종장교들 이야기, 침묵 속에 깨달음이 익어가는 불교 무문관과 천주교 봉쇄수도원 등 다른 듯 닮은꼴인 종교의 모습들을 새삼 발견했다. 불교의 단주와 천주교의 묵주에 사용된 나무 구슬이 같은 재료를 수입해 같은 공장에서 만들어진다는 것도 처음 알게 됐다. 성직자들이 입는 옷의 모양과 색깔에는 무슨 의미가 담겨 있는지, 이들은 어떤 음식을 좋아하고 어떤 자동차를 타는지, 유명 성직자들은 왜 휴대전화 번호가 여러 개인지, 종교인들은 어떤 애환을 가지고 있는지 등등. 자다가도, 화장실에서도 생각이 떠오르면 종이건 휴대전화 메모장이건 키워드를 적어 뒀다가 사전과 각종 자료를 뒤지고 종교인들에게 질문했다.

그렇게 2014년 9월부터 매주 금요일자 조선일보 문화면에 〈종교, 아 그래?〉가 실리기 시작했다. 독자들의 반응이 좋은 경우도 있었고, 무반응일 때도 있었다. 하지만 이 코너를 연재하는 동안 나 스스로가 즐겁고 행복했다. 그런 즐거움이 바탕이 돼 이 책이 만들어졌다.

이 책은 각 종교의 작은 단면들을 모은 퍼즐 같은 것이다. 그러나 이 퍼즐을 다 모은다고 해서 여러 종교의 얼굴을 온전히 드러내기엔 부족할 것이다. 다만 부족한 이 책이 종교와 종교인들에 대해 일반인들이 느끼는 벽의 높이를 조금이라도 낮추는 데 도움이 되길 바라는 마음이다.

2015년 가을

김한수

004 들어가는 글

이야기
하나

목욕탕에선 절하지 말랬지!

016 전화번호, 왜 자꾸 바꾸세요?

020 싱거운 자연의 맛? 아닐 수도 있습니다

024 이판사판 야단법석

027 너희 집 대(代) 끊겨 어떡한다냐?

030 아령이 교회 종에서 나온 거라고?

035 여기, 침묵의 그늘에서 그대를 맑히라

040 '하느님'과 '하나님' 사이

044 스님의 고무신

048 미사주(酒)의 비밀

051 햇병아리 시절은 누구에게나 눈물겹다

055 청량한 우정을 꿈꾸다

058 목욕탕에선 절하지 말랬지!

062 알고 보면 재미있는 수호성인

066 남녀칠세 '기역자'

069 옷 한 벌의 무게

072 부처의 서광이 서린 성당?

075 과연 새벽은 뜨거웠다

이야기
둘

돌아보면 아련한 그 시절

080 미워할 수 없는 너, 천 원짜리여!

085 선방 풍경

088 그들이 효도하는 법

092 왜 스님만 '님'자를 붙이나요?

096 냉담의 빙하, 녹을까 안 녹을까

099 38만 원에 싱글벙글

103 휴지 한 칸이 몇 cm인지 알아?

106 또 하나의 이름, 세례명과 법명

110 돌아보면 아련한 그 시절

113 기도하고 노동하라

116 열반송, 평생의 깨달음을 담다

121 믿으세요?

124 출제자의 의도를 생각해야 합니다

128 방장이 뭐길래

131 300년째 밀당 중입니다

134 스님은 국수를 좋아해

137 괜히 드리는 게 아닙니다

140 이냐시오의 굴, 달마의 굴

이야기
셋

어쩐지 닮았더라니

146 충성! 두 번째 입대를 신고합니다!!

150 어쩐지 닮았더라니

154 6×7-6+4=?

158 모두가 부러워하는 것을 갖는 비결

162 이게 바로 '명품 달력'

166 우리는 이렇게 추모합니다

170 선문답인데 왜 그리 대답하셨소

174 매서인, 쪽복음 그리고 권서인

177 성직자의 아내로 산다는 것

181 빛과 어둠

185 튀는 스타일은 어디에나 있다

189 평화의 등불 들고 108산사를 가다

192 부활절에는 왜 달걀을 주고받을까?

195 죽어도 좋고, 살면 더 좋고!

198 성직자의 유학

201 세상에서 가장 센 기도발

204 상징을 알아야 보물이 보인다

208 깨달음은 그렇게 익어갑니다

이야기
넷

모든 이에게 따뜻한 풍경

214 명동성당 강아지가 삼종기도하는 법

218 법문 읊는 래퍼들

222 사경(寫經), 글자로 말하는 신앙심

225 스님은 축구광, 사제는 야구광?

228 그 모습 그대로, 좌탈입망

231 하나님도 모르시는 것?

234 템플스테이 그리고 소울스테이

238 삼소회

241 문화재가 문화재를 지킨다고?

245 알바 뛰는 목사님

248 어려운 한자말, 많아도 너~무 많아!

252 3년만 더 할 걸 그랬어요

255 머리 기른 북한 스님?

259 마지막 순간을 함께하는 사람들

263 '되기'는 쉬워도 '살기'는 어렵다

266 사찰을 넘어선 사찰음식 이야기

269 기적을 보여 준 소망교도소

273 다시, 순례길을 생각하다

이야기
하나

목욕탕에선 절하지 말랬지!

전화번호,
왜 자꾸 바꾸세요?

'010-####-△△△△.' 휴대폰에 모르는 번호가 뜬다. 고개를 갸우뚱하며 받아 보니 엊그제 만난 H 목사.

"아니, 번호 바꾸셨어요?"

"예, 어제 바꿨어요. 마침 전화기를 바꿀 때가 되어 번호도 바꿨어요. 이제 이 번호로 연락해 주세요."

지금은 은퇴한 K 목사. 내 휴대폰 전화번호부에는 한때 그분의 전화번호가 5개까지 저장된 적이 있었다. '011' 등 통신사별로 앞의 세 자리가 다르다가 '010'으로 합해진 것을 빼도 4개였다. 10년 사이 다섯 번이면 평균 2년에 한 번 꼴로 전화번호를 바꾼 것이다. 그래서인지 그분으로부터 전화를 받을 때마다 "그럼 앞으로는 이 번호로 전화 드릴까요?"라고 물으면 "네, 근데 지금 제가 어느 번호로 전화 드렸죠?"라는 반문이 돌아올 때가 있다. 본인도 번호가 헷갈리는 지경인 거다. K 목사뿐만이 아니다. Y 스님, L 목사, C 신부……

반면 성직자들의 세계에서는 아직도 011이나 017 등을 쓰는 분들이 있다. 보수적인 종교인들이다 보니 대개 처음 휴대폰 살 때 개통한 번호를 그대로 쓰는 것이다. 폴더 폰을 쓰는 분 또한 많은 편이다.

하지만 성직자들 가운데서도 유명 인사들은 자주 전화번호를 바꾼다. 휴대폰을 2대씩 들고 다니는 경우도 있다. 하나는 공적 용도, 다른 하나는 사적 용도로 쓴다. 왜 이렇게 연예인들처럼 자주 전화번호를 바꿀까? 이유는 연예인들 사정과 비슷하다. 아무리 공인이라고 하지만 너무 노출돼 있기 때문이다. 사실상 사생활은 없다고 봐야 한다.

자신이 책임지는 범위가 커질수록 공식적인 스케줄 외의 일이 늘어난다. 술·담배도 하지 않는 개신교 목회자 가운데 간이 좋지 않은 분들이 많다는 걸 알고 처음엔 의아했다. 하지만 그들의 일상을 알게 되면서 이해할 수밖에 없었다. 공식 일정은 차치하고, 임종을 앞둔 환자 가족이 전화를 걸어 오면 한밤중이건 새벽이건 달려가 기도를 해드려야 한다(돌아가시는 분들은 때를 예고하지 않는다. 나는 최근에도 한 대형교회 목회자와 점심 약속이 있어 교회 앞에까지 갔다가 되돌아온 적이 있다. 갑자기 세상을 떠난 신자를 문상 갔기 때문이었다). 대개 목회자가 새벽기도회를 인도한다는 점을 생각하면 날밤 새기 일쑤인 셈이다. 이처럼 불규칙한 수면과 식사가 겹치고 여기에 온갖 상담 요청이 쇄도한다.

부활절을 앞둔 사순절 무렵 만나는 대부분의 목사들은 눈이 충혈되어 있다. 사순절 내내 새벽기도회를 여는 교회가 대부분이기 때문이다. 말로는 괜찮다고 하지만 대화를 좀 나누다 보면 이분들의 눈꺼풀이 자꾸 내려오는 것을 볼 수 있다. 그러면 나중에 전화로 나머지 설명을 듣더라도 우선 재워 드려야겠다는 생각이 저절로 들 정도다.

설교 스트레스도 상당하다. 생전의 옥한흠 목사는 은퇴하고 나니 제일 좋은 게 설교 안 해도 된다는 것이라고 했다. 그분의 설교는 학구적이면서 이성적이기로 유명했다. "한번은 설교 한 편을 위해 책 40권을 참고하기도 했어요"라고 말한 적도 있었다. 사실 매주 후반으로 접어들면 목사들의 신경은 날카로워진다. 특히 토요일 오후쯤에는 그 긴장이 절정에 이른다. 이럴 때

이 사람 저 사람이 전화를 걸어와서는 끊어지지도 않는 이야기를 늘어놓는다면? 입으로는 좋은 말씀을 해도 속으로 무슨 생각을 할지 안 봐도 훤히 짐작이 간다.

그래서 성직자들은 대개 자신의 휴대폰 번호를 최소한의 인원만 알 수 있도록 관리한다. 한데 이러다 보니 신자들 사이에선 성직자들의 휴대폰 번호를 아는 게 곧 권력인 상황이 벌어진다. 그러면서 "당신만 알고 있어"라는 말로 그 권력을 과시(?)하는 일이 차츰 확산된다. 그렇게 유명 성직자의 핸드폰 번호는 동심원을 그리며 퍼져간다. 그 동심원이 너무 커져 일상에 방해가 될 정도가 되면 또다시 번호를 바꾸는 것이다.

때문에 성직자들은 명함에도 사무실 전화번호만 기재하는 경우가 많다. 공적인 일을 공적인 루트를 통해 수행하는 것인데, 사무실로 연락하면 어떻게든 본인에게 메시지가 전달되곤 한다. 극동방송 이사장 김장환 목사의 장남 김요셉 목사는 "아버지는 반드시 30분 안에 회신하라고 강조하십니다"라고 말했다. 그러고 보면 성직자들이 신도들에게 하고 싶은 단 하나의 간청은 이런 게 아닐까.

"사무실로 전화해 주세요. 저희도 개인 시간은 필요하답니다. 제발요~!"

싱거운 자연의 맛?
아닐 수도 있습니다

종교 분야 취재를 맡기 전인 1990년대 후반, 장인어른 그리고 장모님과 함께 경북 성주의 한 사찰을 찾았다. 현 조계종 종정 진제 스님의 상좌인 지해 스님은 당시 산 중턱에 절을 짓고 있었다. 제대로 참선 공부할 곳을 찾아 전국을 다니던 중 이곳의 지기地氣가 공부에 딱 맞는 곳이라 판단하고 '개척 사찰'을 만드는 중이었다.

터만 닦이고 사찰 건물은 없이 아담한 요사채만 있던 시절, 밤하늘의 별은 두 눈으로 쏟아졌고 새 소리와 바람 소리를 비롯해 자연을 오감으로 느낄 수 있는 곳이었다. 그중에서도 지금껏 잊지 못하는 것은 그곳에서 먹은 된장찌개다. 멸치도 없이 버섯 몇 가지와 호박만 숭숭 썰어 넣어 끓인 된장의 맛은 지금도 혀끝에 감긴다. 이른바 '사찰음식'이라는 단어조차 없던 시절, 사찰음식과의 첫 조우였다.

이후 웰빙 바람을 타고 사찰음식은 엄청나게 각광 받고 있다. 먹고 살기 힘든 시절을 넘긴 대한민국에서 건강식 내지는 힐링 음식으로서 인기가 높아진 것이다. 서울 종로구 조계사 맞은편 사찰음식 전문점은 예약 없인 밥 먹기 힘들고, 신문·잡지·방송은 거의 연일 비구니 스님을 비롯해 사찰음식 전문가들을 출연시킨다.

사찰음식의 기본은 오신채五辛菜, 즉 파·마늘·달래·부추·흥거 등 자극적인 재료를 쓰지 않고 제철에 나는 재료로 가능한 자연의 맛을 살린다. 서울 북한산 자락의 진관사, 경북 청도 운문사와 울산의 석남사 등 비구니 사찰들의 음식은 맛깔나면서도 영양가 높고 정갈하기로 유명하다. 이중 진관사와 운문사 음식은 직접 맛을 본 적이 있다. 정말 시중의 사찰음식 전문점과는 차원과 철학이 달랐다. 쓸데없는 치장은 배제하고 하나하나가 재료 본연의 맛을 그대로 살린 소박하면서도 정직한 음식들이었다.

지금껏 먹어 본 사찰음식 가운데 가장 잊을 수 없는 것은

2004년 초겨울 해인사 김장 취재 때 먹은 밥이다. 팔만대장경을 모신 법보종찰法寶宗刹 부처님의 경전을 모신 사찰인 만큼 김장도 뭔가 특별할 것이란 기대를 가지고 찾아간 해인사였다. 그러나 부푼 기대는 푸른 비닐을 보는 순간 산산이 부서졌다. 스님들은 공터에 큰 구덩이를 파더니 대형 포장 비닐을 깔았다. 초대형 물탱크인 셈이었다. 거기에 물을 채우고 배추를 넣더니 소금을 들이부었다. 고즈넉한 분위기 속에서 '엄숙한 수행 같은' 김장을 머릿속에 그렸는데 정작 우리를 맞은 건 거대한 김치공장이었다. 산사의 김장과는 거리가 멀어도 너무 먼 풍경은 기삿거리로도 함량이 모자랄 뿐이었다.

실망을 달래며 찾아간 부엌 공양간. 1식 3찬으로 크고 둥근 접시에 각자 밥과 반찬을 담아 먹는 일종의 뷔페식이었다. 한 숟가락 밥을 떠서 입에 넣고 김치를 무는 순간 '아차'했다. 소태였다. 해인사는 상주하는 스님만 200여 명에 이르고 수시로 드나드는 손님도 많은 절. 그러다 보니 경제적인(?) 이유로 음식을 맵고 짜게 하는 것으로 유명한데 그걸 깜빡한 것이다. 아니나 다를까, 식탐에 관해서는 나와 자웅을 겨루던 사진부 선배의 얼굴이 일그러지고 있었다.

"한수야, 혹시 김치 좀 더 먹지 않을래?"

"아뇨."

"좀 더 먹지 왜? 나눠 먹자."

"그러게 처음에 조금만 담고 더 가져다 드시라 했잖아요!"

"미안, 그래도 조금만~."

그날 결국 우리 둘은 음식을 남길 수밖에 없었다.

이판사판
야단법석

"이판사판이지, 죽기 아니면 살기야."

우리는 일상 생활에서 더러 이런 표현을 하곤 한다. 혹은 "이판사판 공사판"이란 농담도 한다. 그래서 '이판'은 잘 몰라도 '사판'엔 '죽을 사死'자가 있을 것으로 생각한다. 그런데 이판사판은 한자로 '理判事判'이다. 불교 용어다. 수행에만 전념하는 승려라는 뜻의 '이판'과 사찰의 사무를 담당하는 승려라는 뜻의 '사판'은 조선조 억불숭유 정책의 결과라는 게 학계의 견해.

조선의 억불숭유 정책은 그야말로 '불교의 씨를 말리는' 수준이었다. 원래 법대로라면 출가할 때는 일정한 세금을 납부해야 승려의 자격인 '도첩'을 받을 수 있었다. 도첩을 받았다 하더라도 도성, 즉 서울 출입을 할 수 없었고 관가의 온갖 노역에 동원돼야 했다. 여기서 살짝 옆길로 새는 이야기 하나. 옛날 스님들이력을 보면 가끔 'ㅇㅇ년 득도'라는 표현이 있다. 그런데 살펴보면 출가하자마자 득도한 분이 많다. 이럴 때 득도는 '깨달음을 얻었다'가 아니라 '도첩을 얻었다', 그러니까 승려 자격을 얻었다는 뜻이다.

다시 이야기로 돌아와서, 조선시대에는 숭유억불 정책으로 인해 당연히 사찰을 운영하기도 어려웠다. 이런 상황에서 관청에서 지시하는 노역 즉 종이, 기름, 신발 제조 등을 하며 사찰을 근근이 지켰던 승려들을 '사판승'으로 불렀다. 반대로 깊은 산에서 은거하며 온갖 어려움 속에서도 오로지 수행에만 매진한 승려들은 '이판승'이라 했다. '이판사판'이란 말은 이렇게 생겼지만 어쨌든 출가해 스님이 된다는 것은 이래저래 어려웠고, 이판이든 사판이든 스님이 되어도 사회적 대우는 형편없었다. 이 때문에 '이판사판'에 부정적 의미가 덧씌워진 것으로 보인다.

'야단법석野壇法席'도 마찬가지. 이 말은 '야단났다' 혹은 '법석을 떤다' 등으로 '야단'과 '법석'이 따로 쓰이기도 하며, 몹시 시끄럽고 어지러운 상태를 가리키는 뜻으로 쓰인다. 하지만 본디 의미는 실내가 아닌 실외에서 단을 펴고 법을 펼치는 자리를 가리킨다. 부처님이 생전에 영취산에서 법화경을 설파한 일을 가리키는 이 말이 시끄럽고 어지러운 상태를 가리키는 뜻으로 바뀐 것은, 이 야단법석에 많은 사람들이 몰리며 벌어진 현상 때문. 즉, 야단법석이 인기가 있었던 탓에 사람들이 많이 모여 벌어진 결과적 상황을 빗대던 비유가 단어의 뜻처럼 굳어진 것이다.

이처럼 '이판사판'이나 '야단법석' 모두 일상 언어생활에선 부정적인 뜻으로 많이 쓰이지만, 이는 역으로 보면 그만큼 불교가 우리 역사와 일상생활 주변에 가까이 있었다는 방증일 것이다.

너희 집
대代 끊겨
어떡한다냐?

2014년 초 염수정 대주교가 한국의 세 번째 추기경으로 서임되면서 새삼 '3형제 신부'가 화제가 됐다. 염수완·염수의 신부가 염 추기경의 친동생들인 것. 그런데 천주교계에서 3형제 신부는 이제 화젯거리 축에도 못 낀다. 하도 많아서다. 서울대교구 홍보국장인 허영엽 신부네 형제도 알고 보면 형인 허근 신부와 동생인 허영민 신부까지 3형제 모두가 신부다. 그래서 천주교계에서는 4형제나 5형제는 돼야 주목 받는다는 말이 돈다.

불교도 천주교 못지않다. 가장 유명한 가문은 일타 스님1929~1999 집안이다. 깨달음에 대한 간절함으로 손가락을 불태우는 '소지

공양'으로도 잘 알려진 일타 스님은 본인이 출가한 후 어머니를 비롯해 친가와 외가의 친척 41명이 출가한 '기록'을 세웠다. 성철 스님1912~1993과 그가 출가 전 낳은 딸 불필 스님, 청담 스님 1902~1971과 그가 세속에서 낳은 딸 묘엄 스님1931~2011은 부녀 스님으로도 유명하다.

40명까지는 아니어도 성철 스님의 맏상좌인 부산 해월정사 천제 스님은 6형제, 부산 대법륜사 광명선원의 회주인 금강 스님은 4형제 스님으로 유명하다. 개신교계 역시 형제 목사가 드물지 않다. 김선도·김홍도·김국도 목사는 세계적으로도 유명한 감리교 목사 형제들이다.

그런데 개신교 목회자는 결혼을 할 수 있지만 천주교 사제와 불교 스님은 독신에다 이런 저런 제약도 많은 수도 생활을 해야 하는 몸. 도대체 무엇 때문에 한 집안에서 이렇게 여러 명이 출가하는 걸까? 이에 대해 동생인 스님·신부들은 이렇게 말한다.

"형님의 삶이 너무도 좋아 보여서요."

여기에 집안 분위기도 한몫한다. 염 추기경이 뱃속에 있을 때 어머니는 "이 아이를 하느님께 봉헌하겠다"며 다짐했다고 한다.

이처럼 독실한 천주교·불교 집안에서는 아들이 여럿일 때 적어도 한 명은 출가시키고 싶어 하는 경우도 많다. 하지만 부모가 바란다고 해서 모두 사제나 스님이 될 수 있는 것은 아니다. 천주교는 2천 년 역사에서 다져 온 엄격한 성소 심사를 거쳐야 신학생이 될 수 있다. 신학교 입학 후에도 사제품을 받기 직전에 중도 탈락하는 경우도 수두룩하다. 불교의 경우, 출가하려는 사람이 집안의 장남이면 절에서 한 번 더 생각하고 오라며 돌려보내는 경우도 있다. 남의 집 대 끊어 놓는다며 부모·친척이 찾아와 데려가는 경우가 왕왕 있기 때문이다.

2003년 겨울, 천주교 서울대교구 홍보 담당 신부가 바뀌었다. 당시 홍보담당이던 정웅모 신부가 유학을 떠나게 되면서 정 신부의 신학교 동기인 허영엽 신부가 후임을 맡게 된 것. 사실 허 신부뿐만 아니라 정 신부도 3형제 신부이다. 그래서인지 한참 피어오르던 형제 신부에 대한 이야기꽃은 이 한 마디로 끝났다.

"야, 그래도 우리는 대는 이었지, 너희 집은 어떡한다냐?"

다행히 3형제 신부 위의 맏형이 결혼해 집안의 대가 이어진 정웅모 신부의 걱정(?)이었다.

아령이
교회 종에서
나온 거라고?

성탄절이면 서울 명동성당을 비롯한 전국의 성당과 교회에서 종소리가 울려 퍼진다. 아기 예수 탄생을 기뻐하고 축하하는 '탄일종'이다. 성탄절로부터 1주일 후 자정엔 서울 보신각에서 종이 울리며 새해가 밝았음을 알린다. 이처럼 종은 동서양을 막론하고 흘러가는 시간에 매듭을 지어 주면서 사람들에게 삶을 돌아보고 새 다짐을 할 계기를 준다.

그런데 기능은 비슷할지 몰라도 종의 모양과 울리는 방식은 동서양이 다르다. 동양의 종은 보신각종처럼 바깥벽을 때려 소리를 낸다. 반면 서양의 종은 안에 매달린 추가 종의 안쪽 벽을 때려 울리는 방식이다. 울리는 방식은 종이 크건 작건 비슷하다. 동양종은 크기가 작으면 나무망치로, 크면 여러 사람이 함께 움직여야 할 정도의 굵은 나무 기둥으로 때린다.

서양종도 마찬가지. 핸드벨처럼 작은 것은 그냥 손으로 흔든다. 큰 종은 대성당의 종탑에 걸고 줄을 맨 다음 아래서 당겨 종을 흔든다. 추가 안쪽 벽에 부딪히게 해 소리를 내는 것. 한마디로 동양종은 바깥벽을 '때리고', 서양종은 안쪽 벽을 '울리는' 셈이다.

지금이야 눈만 돌리면 어디나 시계가 있는 세상. 하지만 괘종시계가 각 가정 재산목록 윗자리를 차지하던 때가 불과 한 세대 전이다. 그 시절 관청과 종교시설의 종소리는 사람들에게 시간을 알려 주는 중요한 기능도 했다. 밀레의 유명한 그림 〈만종〉역시 저녁이 됐음을 알리는 성당의 종소리에 하던 일 멈춘 농부 부부가 기도를 올리는 모습을 담았다. 우리도 조선시대를 다룬 글에서 밤중에 종소리로 시각을 알리는 모습을 자주 볼 수 있다.

종교시설에서 예식을 위해 울리는 종소리는 소리로 듣는 신앙심의 표현이기도 하다. 나는 10여 년 전 범어사에서 목격한 새벽 범종 타종 장면을 지금도 잊지 못한다. 동안거 취재를 위해 다른 기자들과 내려갔던 것인데 저녁 자리가 이어지고 이야기에 정신이 팔려 어느 순간 시계를 보니 어언 자정이 가까워졌다. 새벽 예불이 새벽 2시 반쯤이란 이야기를 들었던 나는 다른 회사 선배와 의기투합했다.

"지금 자 봐야 못 일어난다고. 그냥 밤새고 새벽 예불을 보자."

밤길을 걸어 올라와 일주문 아래 쭈그리고 앉아 둘이 이런저런 이야기를 두런두런 나누던 중, 산 아래에서 그림자가 하나둘 올라오기 시작했다. 승복 비슷한 회색 몸뻬를 입은 보살들이었다. 그들은 그렇게 새벽을 깨우고 있었다. 아직 닭도 안 일어난 시각에.

이윽고 2시쯤 되자 방문 하나가 열리더니 스님 한 분이 나와 목탁을 치며 사찰 경내를 천천히 돌았다. 하나 둘 방에 불이 켜지더니 서너 명이 한꺼번에 나왔다. 법고˚와 운판˚˚, 목어˚˚˚와 범종이 차례를 바꿔 가며 울었다. 천지만물을 깨우는 소리였다.

범어사는 특히 조명시설을 잘 갖춰 북을 칠 때는 북에만, 범종을 칠 때는 범종에만 조명이 들어왔다. 불 하나가 꺼지면 동시에 저쪽 건너편에 불이 들어오며 북과 종소리가 릴레이로 연결되는 모습은 세상 어떤 퍼포먼스보다 강렬한 인상을 남겼다.

그 이후로 산사의 새벽을 떠올리면 자연스레 내 머릿속에는 범어사의 그 새벽이 떠오른다. 물론 예불만 보고 완전히 뻗어서 늦잠을 잤지만……

동양이나 서양이나 종이 클수록 칠 때 힘이 드는 것도 공통적이다. 영화나 뮤지컬로 널리 알려진 〈노트르담 드 파리〉에서 종지기 콰지모도는 줄에 대롱대롱 매달리다시피 공중부양하면서 종을 울린다. 실제로 종을 치는 일은 체력소모가 클 수밖에 없었다. 여기서 운동기구 하나가 탄생했다. '아령'이다. 이 물건은 영어로 '덤벨dumb+bell'. 한자로도 '벙어리 아啞+방울 령鈴'이다. 즉 영어를 완전히 직역한 '소리 안 나는 종'이다.

브리태니커 백과사전 등에 따르면 영국 튜더 왕조 무렵, 기사들은 체력 단련 기구로 교회 종에 주목했다. 온몸으로 매달려야 겨우 소리를 허락하는 종을 당기는 운동 말이다. 종을 시도 때도 없이 울렸다가는 종소리에 시간 맞춰 생활하는 공동체를 혼란에 빠뜨릴 것이 뻔한 일. 그래서 종의 껍데기는 떼어내고 추만 남겨서 당기는 기구가 생겼다고 한다. 뒤로 갈수록 줄과 다른 도구는 사라지고 쇠막대기 한쪽 끝에 공 모양이 붙은 추만 남게 됐다. 그리고 양쪽에 똑같은 무게의 공을 붙인 아령이 탄생했다.

거듭된 성형수술로 본 모습은 짐작도 하기 어려워졌지만 여전히 그 이름엔 탄생의 비밀이 그대로 담겨 있는 셈이다. 우리의 이두박근, 삼두박근을 울퉁불퉁 키워주는 아령엔 이렇듯 그 옛날 종지기의 신심과 애환 그리고 기사들의 무용담이 서려 있다.

* 법고 : 불교의식에 사용하는 북
** 운판 : 불교의식에 사용하는 구름 모양의 판
*** 목어 : 두드려서 소리를 내는 물고기 모양의 나무판

여기,
침묵의 그늘에서
그대를 맑히라

"다섯째 날과 여섯째 날은 절정이었다. 다리는 이미 접는 것 자체가 힘들었고 마음 속에서 화두는 사라지는 듯했다. 독기로 앉아 있는 것 같다. 근데 옆에 도반 스님 한 분은 용맹하고 나서부터 지금까지 허리 꼿꼿이 세우고 잠도 잘 안 잔다."

최근 일반인들은 접근 불가능한 선방의 내밀한 풍경을 엿볼 수 있는 기회가 생겼다. 해인사가 발행하는 월간《해인》의 2015년 3월호에 해인승가대학의 어느 학생 스님이 〈동안거의 용맹정진〉이라는 칼럼을 기고한 것. 수십 명의 스님이 등을 맞대거나 마주 보고 앉아 있고 저 멀리엔 어른 스님들이 '감독'하는 듯한 사진과 함께 말이다.

불교에는 '동안거'라는 것이 있다. 동안거는 음력 10월 15일부터 이듬해 1월 15일까지 석 달 동안 승려들이 외출을 금하고 참선을 중심으로 수행에만 전념하는 것을 말한다. 음력 4월 보름부터 7월 보름까지 동일하게 수행하는 '하안거'도 있다.

하안거나 동안거 석 달 수행의 마지막 1주일 동안 모든 참가자가 잠을 자지 않고 참선과 수행에 몰두하는 용맹정진勇猛精進은 해인사 선방의 상징이다. 이는 성철 스님이 세운 해인사의 빛나는 전통이기도 하다. 이때는 해인사 승가대학 학생들도 참가한다. 이 기고는 그 체험을 기록한 것이다.

용맹정진 때는 참선 시간만 하루 16시간. 매 45분 정진하고 15분 방선, 즉 휴식 시간을 갖는다. 이때도 드러누워 자는 것이 아니라 선방 안이나 마당을 걷는다. 하루 24시간 중 16시간을 제외한 나머지 시간은 공양(식사), 청소 등 울력(육체 노동), 한밤중 죽 공양 시간 등이다.

용맹정진 기간에 침묵의 역할은 크다. 오로지 화두 하나에만 집중 또 집중한다. 좌복방석 위에 앉아서도 걸을 때도 침묵이다. 하지만 말은 하지 않아도 기본적 의사소통은 해야 한다. 그때 쓰이는 것이 '죽비'. 대나무 가운데를 가르거나 두 쪽을 묶은 죽비는 손바닥에 대고 치면 '짝, 짝' 날카로운 소리가 난다. 정진을 시작할 때나 마칠 때에도 '짝, 짝, 짝' 죽비를 세 번 친다. 본래 선방엔 불상을 모시지 않는다. 불립문자不立文字의 세계엔 부처님을 새긴 상조차 불필요한 것. 달마도나 일원상 하나 걸어놓고 불상을 대신한다. 그렇지만 용맹정진 기간엔 새벽·저녁 예불도 죽비 세 번 치고 세 번 절하는 것으로 대체하곤 한다.

크게 만든 '장군죽비'는 졸고 있는 스님들의 등과 어깨에 사정없이 날아들어 잠을 깨우는 역할도 한다. 장군죽비라고는 하나, 소리는 크고 아프지는 않다. 대신 본인과 전체 대중이 정신 번쩍 들게 만드는 효과는 확실하다.

2003년 말, 동안거를 시작할 때 1박 2일 정도 스님들과 함께 좌복에 앉아 본 적이 있다. 숭산 스님의 외국인 제자들이 수행하는 계룡산 무상사에서다. 내 기억으론 50분 좌선, 10분 방선이었던 것 같다. 10년이 넘은 과거의 일이지만 학인 스님의 기록을 읽는 순간 그때 몸 상태가 그대로 떠올랐다. 가부좌를 튼 다리에선 쥐가 올랐고 정말 옆 사람 숨소리가 하나하나 다 들렸다. 좌선은, 침묵은 그런 것이었다.

천주교 수도 생활에서도 침묵은 영성을 키우는 중요한 도구이다. 특히 봉쇄수도원에선 침묵이 일상이다. 2011년 개봉된 다큐

영화 〈위대한 침묵〉은 침묵 속에 살아가는 알프스 산중 카르투지오 수도원의 생활을 다뤄 반향을 일으켰다. 2시간 반 동안 대사 없이 책장 넘기는 소리, 밭 가는 소리 등만 들리는 이 영화에 국내에서만 10만 명 가까이 공명共鳴했다.

수도자가 되어가는 과정의 내면을 훌륭히 묘사한 저서 《칠층산》으로 유명한 영성가 토머스 머튼. 그가 몸담은 트라피스트 수도회의 영성을 기록한 《영적 일기》에는 이런 대목이 등장한다.

"수사 신부들과 평수사들이 수위실 앞에 어우러져 수화로 작별 인사를 하며 수도회 관습에 따라 서로 포옹했다."

침묵 기간 최소한의 의사소통을 위해 수화를 사용하는 것이다. 말이 없으면 불통不通으로 여기기 쉽다. 하지만 이런 침묵의 순간 머튼은 풀벌레 소리, 염소와 새끼 양의 울음과 바람·온도 변화 등 자연 현상까지도 묵상의 소재로 삼는다. 침묵은 단순히 내가 말을 하지 않는 소극적 행위가 아니다. 그것은 모든 소리를 듣는 적극적 행위이기도 하다. 그래서 수행자들에겐 '침묵=불통'이 아니라 '침묵=위대한 소통'이기도 한 것이다.

2015년 3월 17일, 법정 스님의 5주기 다음날이었다. 이날 아침 찾은 서울 성북동 길상사는 새들만 수다 떨고 있을 뿐 적막하고 정갈했다. 전날 추모행사의 흔적인 듯 조화 몇 개가 놓인 설

법전 앞을 지나자 담벼락 아래에 작은 글판이 놓여 있었다.

"우리들은 말을 안 해서 후회되는 일보다도 말을 해버렸기 때문에 후회되는 일이 얼마나 많은가."

설법전 오르는 길 나뭇가지에도 "여기 침묵의 그늘에서 그대를 맑히라. 이 부드러운 바람결에 그대 향기를 실으라. 그대 아름다운 강물로 흐르라. 오, 그대 안 저 불멸의 달을 보라"는 글귀를 새긴 나무판이 매달려 있었다. 늘 "내 이야기는 이걸로 끝이고, 나머지는 저 피어나는 꽃들에게 들으라"며 법문을 마무리했던 법정 스님이다.

글귀를 읽고 돌아서니 노란 꽃 몇 송이가 넝쿨에 매달린 채 피어나고 있었다. 곁에서 비질하던 처사가 "영춘화迎春花입니다. 봄을 반기는 꽃"이라 했다.

'하느님'과
'하나님' 사이

초보 종교 담당 기자들이 곤욕을 치르는 경우가 있다. 기사에서 '하나님'과 '하느님'을 혼동했을 때다. 천주교 기사에 '하나님'이라고 쓰거나 개신교 기사에 '하느님'을 썼다간 순식간에 무식쟁이로 찍힌다. "우리 천주교에 관심을 가져 주셔서 대~단히 감사합니다만, 우린 '하느님'이라고 씁니다", "개신교는 하나님이에요, 하나님! 하느님이 아니라구욧!" 하는 전화를 아침부터 받는다고 상상해 보라. 이런 경우 '반드시, 재빨리' 정정해야지 미적거리다간 더 혼난다. 그런데 자신들을 다룬 기사에 '하나님'을 쓰건, '하느님'을 쓰건 아무 말이 없는 곳이 있다. 성공회聖公會다.

알려진 대로 성공회는 16세기 영국의 왕 헨리 8세가 자신의 이혼 문제를 두고 교황청과 갈등을 빚다가 파문 당하자 영국 국교회를 만들어 독립하면서 생겨났다. 천주교에 뿌리를 두되 교황의 통제권을 벗어난 것이다. 모태가 천주교이다 보니 닮은꼴도 많다. 부제-사제-주교-대주교로 이어지는 직제도 같고 제의祭衣도 비슷하며, 말씀의 전례와 성찬으로 이어지는 예식 순서도 유사하다.

그러나 천주교의 모든 사제와 주교 임명권이 교황에게 있는 반면, 세계 각국의 성공회는 인사와 재정의 자율권을 갖는다. 또한 주교는 사제와 신자가 함께 투표권을 갖고 뽑는다. 그래서 '선거 운동(?)'도 있다.

성공회 사제서품식에 참석할 기회가 있었다. 모든 순서는 천주교와 같았다. 그런데 나머지는 달라도 너무 달랐다. 예를 들어 천주교 사제서품식은 꼭 군대사열식 같다. 서열별로 딱딱 줄 맞춰 발 맞춰 입장한다. 좌우를 둘러보는 이도 없다. 반면 성공회 사제들은 줄도 대충에 발은 더더욱 맞지 않고, 심지어 주변의 아는 사람들에게 인사하느라 바빴다. 속으로 '아, 이런 게 바로 천주교와 성공회의 차이구나' 싶었다.

대한성공회는 스스로 개신교로 분류한다. 그러면 다른 교단처럼 '하나님'으로 써야 할 것 같은데 '하느님'으로도 쓴다. '주일 미사'와 '주일 예배'라는 용어도 섞어 쓴다. 천주교는 남성 사제를 고수하고 국내 개신교계에서도 보수적 교단은 아직 여성 목사를 인정하지 않지만, 성공회는 여성 사제뿐 아니라 여성 주교도 나왔다.

또한 성공회는 남녀 사제 모두 결혼할 수 있다. 그래서 수년 전 영국 성공회는 천주교 사제가 결혼하면 그냥 성공회 사제로 받아주겠다고 한 적도 있다. 반대의 경우, 그러니까 성공회 사제가 이혼하고 천주교 사제로 오겠다는 경우도 없지만 설령 그런 이가 있다고 해도 천주교는 받아 주지 않는다.

수녀로 40여년을 지내다 2007년 사제 서품을 받은 오인숙 카타리나 수녀사제처럼 성공회는 수녀도 사제가 될 수 있다. 또 천주교는 '바오로', 개신교는 '바울'로 부르는 성인聖人을 성공회는 '바울로'라 부른다. 1970년대 천주교와 개신교가 공동 번역한 성경 용어에 근거한 것이다. 지금 대한성공회 김근상 주교의 세례명이 '바울로'이다. 다만 '신부'라고 하지 '목사'라고 부르지는 않는다.

성공회 김광준 신부는 "성공회는 개신교와 천주교 사이에 묘한 중간지대에 있으면서 형제를 통합하려는 에큐메니컬(교회 일치) 전통을 지키려 노력하고 있다"며 "그런 점에서 공식적으로는 하느님으로 쓰지만 하나님으로 쓰는 것도 문제 삼지 않는다"고 했다. 사제의 결혼과 여성의 사제 서품 그리고 '하느님'과 '하나님' 호칭 문제까지, 모두 성공회의 열린 자세를 보여 주는 사례들이다.

스님의 고무신

"그때가 11월 초, 저녁 7시 반쯤 된 것 같아요. 큰방에선 어른 스님들이 참선하고 계시고, 우리 신참들은 뒷방에서 다음날 먹을 시래기를 장만하고 있는데 갑자기 문이 확 열리더니 군복 입은 사람들이 '동무들 나와!' 고함을 지릅디다. 빨치산들이었어요. 그들은 '우리가 조국을 위해 왔다 갔다 하는데 여기에 반역자가 있다'면서 인민재판을 하겠다 어쩌겠다 하며 한참 소란을 떨다가 사라졌어요. 다음날 아침에 절을 둘러보니 식량이란 식량은 몽땅 털어갔지요. 딱 좁쌀 한 말만 남겨 놓고요. 당시엔 고무신 한 짝도 그리 귀했어요. 근데 마침 그때 법전 스님(당시 조계종 종정)

이 까만 고무신 한 켤레를 선물 받은 게 있었는데, 기왕 신던 것이 아직 멀쩡해서 나중에 신으려고 그걸 처마 밑에 끼워 넣어 뒀어요. 근데 공비들이 플래시도 없는데 어떻게 알았는지 처마 밑에 있던 그것까지 찾아서 가져가 버린 거라. 그래 (공비가 습격한) 이후로는 (참선은 제대로 못하고) 집만 지키게 된 거였지요."

지난 2007년 초 당시 조계종 총무원장이던 지관 스님은 경북 문경 봉암사를 찾아 제1차 봉암사결사의 마지막 풍경을 이렇게 전했다. 봉암사결사는 1947년 성철 스님, 청담 스님 등이 주도해 일제강점기 동안 왜색에 물든 한국불교의 정통성을 되살리고자 벌였던 운동. '부처님 법대로 살자'를 기치로 걸고 수행부터 일상생활까지 모두 전통으로 돌아가자는 운동이었다.

그러나 백두대간 한복판에 자리한 문경은 지금도 그렇지만 당시엔 산세가 험하고 빨치산의 출몰이 잦았던 곳. 결국 6·25 직전인 1950년 초 빨치산들의 위협으로 스님들이 흩어지면서 1차 결사를 마치게 된다. 위에서 지관 스님이 한 말은 1차 봉암사결사의 마지막 풍경을 회고한 것이었다. 그런데 그의 회고 중 고무신 부분이 눈에 띄었다.

지금도 스님들의 신발하면 떠오르는 것이 고무신과 털신이다. 잿빛 승복바지 아래로 보이는 흰 고무신은 색상이나 디자인

이 승복과 제법 잘 어울린다. 사찰 고무신의 특징은 남녀가 따로 없다는 점. 속세의 고무신은 남성용의 경우는 볼이 넓고, 여성용은 홀쭉하지만 스님들이 신는 고무신은 모두 남성용이다. 비구니 사찰에 가도 남성용만 신는다. 이를테면 고무신이 중성화된 셈이랄까. 또 과거 스님들은 겨울엔 털신을 신었다. 검정 고무에 발목 부분에만 누런 털이 붙어 있는 신발로 스님들은 이렇게 고무신과 털신 두 가지로 1년을 났던 것.

지금 중년 이상의 세대라면 고무신에 대한 추억이 있을 것이다. 요즘에야 샌들이 지천이지만 1970년대까지만 해도 아이들의 여름철 신발은 대개 고무신이었다. 학교 갈 때는 운동화를 신었지만 여름방학이 되면 고무신을 신고 산으로 들로 뛰어다녔다.

고무신은 용도도 다양해 신발뿐 아니라 냇가에서는 장난감 배도 됐고, 모래를 싣고 나르는 장난감 트럭이 되기도 했다. 1980년대 대학생 중에는 진짜 돈이 없어서 고무신을 신고 학교를 다니던 학생들도 있었다. 1950년대 금권선거의 상징이 '고무신 주고 표를 샀다'는 말이었을 정도니 1940년대 말 고무신은 얼마나 귀했을까. 빨치산의 습격에 목숨은 건졌지만 너무도 아껴서 나중에 잘 신으려고 처마 밑에 고이 숨겨 뒀다가 도둑맞아 버린 법전 스님의 상실감과 허탈함은 어땠을까 생각하니 웃음과 함께

처연한 생각이 들었다.

　그러나 이젠 스님들에게도 고무신은 일상용품이라기보다는 의식용 신발이 된 느낌이다. 지금도 사찰의 각종 예식 땐 스님들이 흰 고무신을 신는 경우가 있지만 '만행화卍行靴'라는 이름의 신발을 신는다. 색깔과 모양이 고무신과 흡사한 신발이다. 등산화나 운동화를 신는 스님들도 많다. 인터넷쇼핑몰에서 고무신은 3천 원 대, 털고무신은 8천 원대에 거래된다. 만행화는 10만 원 안팎의 가격에 판매되고 있다.

　하지만 지금도 스님들의 흰 고무신을 '집단'으로 만날 수 있는 곳이 있다. 바로 승가대학. 예비 스님들인 사미·사미니가 교육받는 곳이다. 각 사찰의 승가대학에 가면 댓돌 위에 가지런히 줄 맞춰 놓여 있는 흰 고무신들을 만날 수 있다. 그런 고무신들은 콧잔등에 각각 법명이나 번호가 쓰여 있다. 깨끗이 씻은 새하얀 고무신이 줄 맞춰 나란히 놓인 모습을 보면, 그 정갈함에 반가운 마음이 절로 일어난다.

미사주酒의
비밀

"너희는 모두 이것을 받아먹어라. 이는 너희를 위하여 내어 줄 내 몸이다. 너희는 모두 이것을 받아 마셔라. 이는 새롭고 영원한 계약을 맺는 내 피의 잔이니 죄를 사하여 주려고 너희와 모든 이를 위하여 흘릴 피다."

천주교 미사는 크게 '말씀의 전례'와 '성찬 전례'의 두 부분으로 나뉜다. 성찬은 예수님이 '최후의 만찬'에서 한 말씀을 사제들이 '직접 화법'으로 옮기고 밀떡과 포도주를 배분하는 예식. 이때 쓰이는 포도주를 '미사주酒'라 한다. 사제가 포도주를 성작聖爵 성스러운 잔에 따르고 두 손으로 높이 치켜 올리는 것이 축성. 이 과정을 거치면서 미사주는 단순한 술이 아닌 예수님의 피를 상징하게 된다.

현재 한국 천주교의 미사주는 마주앙(롯데주류)이 독점 생산·공급한다. 이 미사주는 일반적인 포도주가 아니다. 교회법에 따라 재배, 수확, 발효 등 제조 과정이 모두 정해져 있다. 가장 기본적인 것은 첨가물이 없어야 하는 것. 일반인들이 지금처럼 포도주를 마시지 않던 1970년대 이전까지는 미사주도 수입해서 썼다. 그러다가 1977년 국산화가 가능해지면서 마주앙 미사주가 전국의 천주교회에서 쓰이고 있다. 현재 미사주는 한국천주교주교회의 전례위원회의 감독에 따라 제조되고 유통된다. 천주교 각 교구는 1년치 사용량을 예측·주문해 비축해 뒀다가 각 성당의 주문을 받아 판매한다.

예수님은 "받아 마셔라"고 했지만 미사 때 모든 신자가 미사주를 마시는 것은 아니다. 주로 사제들이 성작에 따른 포도주에 물을 타서 대표로 마신다. 그렇기 때문에 미사 한 번에 미사주는 소량만 쓰이고, 병마개도 코르크가 아니라 돌려서 따는 마개로 돼 있다. 조금씩 미사 때마다 나눠서 따라 마시는 것이다. 알코올 도수는 12도였던 것을 주교회의가 1995년에 7도로 낮추었다가, 3년 만인 1998년 다시 12도로 올렸다. 너무 도수가 낮아 상하는 경우가 생겼기 때문이다. 미사주는 일반 포도주와는 맛이 다른데 이는 첨가물이 없어서 그렇다. 그래서인지 '밋밋하고 심심하다'는 반응도 있다.

시중에선 포도주 소비가 늘면서 프랑스, 스페인, 이탈리아, 미국, 칠레 등 다양한 수입품이 유통되지만 미사주는 국내산 포도주만 쓴다. 또 일반적으로 적포도주가 많이 소비되지만 미사주는 백포도주가 많이 쓰이는 편. 성작에 따라 마시고 물을 부어 씻어낸 후 흰 수건으로 닦아내는데 아무래도 적포도주는 색깔이 묻어나기 때문이다.

지금도 마주앙 미사주 병 뒷면에는 이런 안내문이 붙어 있다.

"마주앙 미사주는 국내산 양조용 포도만을 원료로 하여 양조한 순수 와인으로 마주앙의 뛰어난 양조기술과 정성이 탄생시킨 정통 와인입니다. 마주앙 미사주는 한국천주교 전국전례위원회의와 협의하여 농장에서 축성한 후 선별된 포도만을 원료로 특별히 봉인 · 숙성되어 제조됩니다."

햇병아리 시절은
누구에게나
눈물겹다

"그때 김밥 참 많이 말았죠."

조계종 교육원장 현응 스님은 1970년대 행자 시절을 이렇게 추억하곤 한다. 당시 절에서는 '수익 사업'으로 소풍 온 학생이나 참배객, 행락객에게 김밥을 팔았는데 그 일이 행자들의 몫이었다고 한다. 행자란 본격적으로 출가하기 전에 일정 기간 동안 절에서 잡일을 하면서 수행하는 사람이다. 안 그래도 잠 많은 행자들인데 일과가 끝난 늦은 밤, 다시 김밥 싸는 일이 시작됐던 것.

누구나 초년병 혹은 햇병아리 시절의 추억을 아련히 간직하고 있다. 모든 게 익숙지 않고 그래서 더욱 고됐던 시절. 종교인들도 마찬가지다. 불교는 행자, 천주교 수도자들은 종신서원 전까지의 수련 과정, 개신교 목회자는 신학대학원 입학 후 목사 안수를 받기 전까지가 그렇다. 특히 불교 행자들의 고생담은 워낙 유명한 것이 많다. "마당 쓸기 3년, 나무 해오기 3년, 솥 걸기 3년……. 염불이나 참선은 가르쳐 주지도 않고 계속 일만 시켜서 뛰쳐나가려 했는데 알고 보니 그것이 수행이었더라"는 가슴 아픈(?) 내용들이다.

아닌 게 아니라 행자들의 생활은 고달플 수밖에 없다. 어렵던 시절엔 누구나 했던 땔감 해오기, 짚신 삼기, 밥 짓기 같은 일이라도 그게 '공식 업무'가 되면 힘이 든다. 1970~80년대까지만 해도 절간의 행자에게는 밥을 짓는 것이 큰 교육이었다. 수십 명먹을 분량의 쌀을 조리질해 돌 가려내고, 물 맞춰서 가마솥에 안친 후 장작으로 화력을 조절해 가며 밥을 해낸다는 것 자체가 여간 일이 아니다. 요행히 밥을 잘 지어도 누룽지 배출량이 평소보다 조금 더 많거나 적으면 "그 행자 참 게으르구먼"이라는 지청구가 뒤따랐다. 한 50대 스님은 "조리질을 아무리 열심히 해도 돌은 꼭 주지 스님 밥에서 나오더라"며 하소연하기도 했다. 그야말로 '머피의 법칙'이 따로 없는 것이다.

요즘은 풍경이 많이 바뀌었다. 지금 절에 가서 갈색 개량한복을 입은 사람을 만난다면 그는 십중팔구 행자다. 또 옷의 바탕은 회색인데 고름만 갈색이라면 그는 '사미'일 가능성이 높다. 처음 불교에 입문하여 10계를 받고 수행하는 남자 승려. 한편 통일된 회색 옷을 입었다면 '비구'다. 출가한 남자가 사미를 거쳐 스무 살이 넘으면 250계를 받을 수 있는 자격이 주어지는데 이를 구족계라고 하며, 구족계를 받으면 비구가 된다.

그런데 중고참 스님들에게 들어 보면, 이렇게 옷 색깔로 신분을 구분할 수 있게 된 건 그리 오래지 않다. 옛날에는 옷 자체가 귀했고 색깔별로 신분을 가릴 만큼 물자가 흔하지도 않았기 때문이다. 그러다 보니 옷이란 건 지어 입는 것이라기보다는 선배에게 물려 입는 것 혹은 신자들이 구해주는 것이었다고 한다. 실제로 성철 스님은 수십 년 동안 입어 헤진 탓에 깁고 또 기운 옷을 입으며 평생을 났다. 기운 옷은 당시 절집의 경제 상황을 보여 주는 상징이자 출가 수행자의 자존심이기도 했다.

한편 천주교 남녀 수도자들의 수련 생활도 만만치 않다. 입회 후에는 종신서원을 하기까지 지원기, 청원기, 수련기 그리고 유기서원 등 여러 단계를 차례로 거쳐야 한다. 단계를 뛰어넘는 월반이란 없다. 수도 생활에 대한 환상은 없는지, 수도회가 지향하는 바와 자신의 생각이 일치하는지 등을 꼼꼼히 살핀 후 유기서

원 기간까지 통과하면 비로소 기한 없는 종신서원을 하게 된다. 남자 수도자의 경우 사제를 지망하면 따로 신학교까지 다녀야 한다.

개신교 목회자에게도 좁은 문은 마찬가지. 대학 4학년을 마친 후 신학대학원 목회학 석사 3년을 마치면 목회자 문턱에 들어선다. 신학대학원을 마치면 교단에 따라 전도사, 강도사, 준목 등의 단계를 거쳐 목사 안수를 받는다. 예장 합동의 경우는 '강도사 시험'이 발목을 잡곤 한다. 시험 과목이 설교, 성경 주해, 교리, 역사, 행정 등에 두루 걸쳐 있다. 심지어 '정치政治'도 있다. 물론 교단 정치는 아니고 교단의 헌법 등을 숙지해 목회 현장에서 맞닥뜨릴 온갖 상황에서 발휘할 솔로몬의 지혜 같은 대처 능력을 보는 것이다. 그래서인지 강도사 시험은 재수, 삼수도 숱하다고 한다.

'풋중'. 법정 스님은 자신의 출가 초기를 이렇게 묘사하곤 했다. 파릇파릇하면서도 풋내 나는 존재라는 뜻이다. 어쩌면 성직자 생활에 능숙한 이들보다 갓 입문한 이들만이 가질 수 있는 냄새이기도 하다. 그러고 보면 지금 우리가 만나는 노숙한(?) 성직자들은 풋풋하면서도 뜨거운 이 첫 마음을 오랜 시간 동안 담금질해 온 결과물들이다.

청량한 우정을
꿈꾸다

2005년 9월 4일, 서울 신문로 새문안교회 대예배에 참석한 교인들은 깜짝 놀랐다. 설교자로 이수영 담임목사가 아닌 인근 정동제일감리교회의 조영준 목사가 나선 것. 그뿐 아니라 축도는 대한성공회 박경조 주교가 맡았고, 정동교회와 성공회 두 교회의 교인 90여 명도 예배에 참석했다.

이날 예배는 '초청예배'. 새문안교회와 정동제일교회(이상 1887년 설립), 대한성공회 서울대성당(1891년)은 각각 한국 장로교·감리교·성공회의 모母교회다. 지리적으로도 모두 반경 500m 이내에 터를 잡고 있다. 새문안교회와 정동제일교회를 설립한 언더우드 · 아펜젤러 선교사는 1885년 4월 5일 한 날 한 시에 제물포항에 도착했다는 인연도 있다.

2005년은 두 선교사가 조선에 도착한 지 120주년이 되던 해. 이에 '동갑내기' 두 교회와 성공회 서울대성당이 "한국 개신교계의 뿌리 격인 세 교회가 선교 초기의 정신으로 돌아가 협력하는 모습을 보이자"며 '교환 예배'에 의기투합한 것이다. 실제로 세 교회는 새문안교회를 시작으로 성공회 서울대성당과 정동제일교회에서 설교자와 축도자를 초청해 초청예배를 드렸다.

정동제일교회와 새문안교회는 10년 후인 2015년에도 공동으로 일을 '꾸몄다'. 그 해 5월 30~31일 '아펜젤러 · 언더우드 한국 선교 130주년 기념 국제심포지엄'을 공동으로 개최한 것. 개회예배와 폐회기도회를 서로 번갈아 진행했다. 그 사이 정동제일교회는 송기성 담임목사로 바뀌었지만 두 교회의 우정 혹은 이웃사랑은 그대로 이어진 셈이다.

이들과 달리 같은 동洞을 무대로 사역하는 이웃사촌 교회들이 연합하는 경우도 있다. 대표적인 예가 서울 용산구 후암동 '교동敎洞협의회'. 문자 그대로 '교회'와 '동洞 주민센터'가 힘을 합친 모임이다. 1997년 IMF사태가 계기가 됐는데, 그 전까지는 개별적으로 동사무소를 찾아 어려운 이웃을 돕던 후암동 9개 교회가 힘을 모은 것이다. 남산중앙교회, 산정현교회, 숭덕교회, 영주교회, 중앙루터교회, 후암교회, 후암백합교회, 후암제일교회, 금성교회가 뜻을 모았다. 매월 한 차례씩 정기 모임을 갖는 이들은 평소엔 각기 활동하다가 어려운 이웃을 도울 때는 '후암동교동협의회' 이름으로 연합한다.

같은 상가 건물에 서너 개 교회가 한꺼번에 입주하기도 하는 한국의 현실. 같은 동네에서 목회 활동을 하면서 서로 경쟁하기보다는 협력하는 모습을 보고 싶어 하는 국민들이 얼마나 많을까. 그런 면에서 '이웃 교회'들의 우정은 청량한 느낌을 주기에 충분하다.

목욕탕에선
절하지 말랬지!

"차라리 하루만이라도 계율을 지키며 살지언정 파계하고 평생 살기를 원치 않는다."

2014년 12월 입적한 전 조계종 종정 법전 스님은 평소 신라의 고승 자장 율사의 이 말을 즐겨 인용했다. "조선의 대표적 도인 진묵 스님은 곡차˚라고 하면 마시고 술이라고 하면 마시지 않았다. 어느 날은 식초 한 말을 곡차로 알고 마시고 선정˚˚에 들 수 있었다. 그 정도는 되어야 행에 걸림이 없다고 할 수 있는 것"이라고 했다. 그런 경지에 오르지도 못하고 괜히 까불지 말라는 소리다. 실제로 법전 스님은 평생을 오로지 참선 공부로만 살았다.

그러고 보면 법전 스님의 영원한 스승이자 형님이었던 성철 스님도 "계는 받는 것이 아니라 지키는 것"이라고 일갈한 바 있다.

계율은 대개 종교 창시자가 제자 그룹과 함께 생활하면서 맞닥뜨린 구체적 현실 문제에 대해 하나하나 규율을 정하고 제자들도 추가하면서 만들어진다. 계율은 곧 종교를 종교답게 지켜 주는 방패인 셈이다.

물론 예외도 있다. 무애행無碍行, 그러니까 걸림 없는 삶으로 유명한 경허 선사. 조선조 500년간 숨죽였던 불교의 선풍을 불러일으킨 그는 술, 고기 그리고 여자까지 걸림이 없었다.

여자 문제에 관해서는 다음과 같은 전설이 전해 온다. 하루는 경허 스님이 한 거지 여성을 데리고 와 자신의 방으로 들어갔다. 며칠이 지나도록 여성은 방에서 나오질 않았다. 경허 스님을 시봉하던 만공 스님이 살그머니 방문을 열었더니 썩은 냄새가 진동했다. 알고 보니 여인은 그냥 거지가 아니라 문둥병 환자였다. 경허 스님은 얼어 죽게 된 문둥병 여인을 데려와 자신의 체온으로 녹여서 살리고, 미친 정신이 돌아오도록 품어 줬다는 것이다.

언제나 문제는, 알맹이는 외면한 채 껍데기만 본 따고서는 그것이 본질인 양 행세하는 무리들이 있다는 점이다. 이런 경우 계율이나 율법은 박제 혹은 화석일 뿐이다. 그런 점에서 예수는 우리에게 율법의 껍데기를 깨고 알맹이를 새롭게 보여 준다. 그는 안식일엔 아무것도 하지 말아야 한다는 율법을 "사람 나고 율법 났다"라는 한 마디로 무력화시켰다. 아울러 새로운 계명 '사랑'을 인류에게 전해 줬다. 이 경우도 마찬가지다. 예수처럼 스스로 솔선해 십자가에 달릴 각오가 돼 있지도 않으면서 기존 율법을 부정하기만 하면 사이비로 전락하기 십상이다.

워낙 정통보다는 사이비가 많아서 그런지 계율을 준엄하게 지키는 수행자의 모습은 언제나 보는 이를 숙연하게 만든다. 불교의 경우 종합수도원인 총림 등의 율원律院에서 계율을 가르치는 율사가 대표적이다. 철우 스님도 조계종의 대표적 율사 중 한 명이다. 그는 "파격이랍시고 곡차를 즐기는 스님들은 두들겨서 산문 밖으로 쫓아내고 싶다"라고 외칠 만큼 깐깐하다. 학인들도 어려워하고 상좌도 자꾸 곁을 떠나려 한다. 대중목욕탕에서는 이런 일도 있었다. 김이 자욱한 가운데 누가 그에게 달려와 넙죽 절했다. 가만히 보니 자신이 가르친 학인이었다. 그 정성이 갸륵할 법도 하건만 벼락같은 그의 일갈.

"화장실하고 목욕탕에선 절하지 말랬지!"

한편 생전의 법정 스님 또한 까다롭기로 유명했다. 하지만 그의 까다로움은 스스로에게 더했다. 그가 공양 도중 설파했다는

'노처녀론'은 유명하다. 어느 날 공양 도중에 법정 스님이 뜬금없이 물었다고 한다.

"노처녀가 왜 시집 안 가는지 알아?"

밥그릇이 바닥을 보이기 시작할 즈음이었다. 밥을 차린 이는 얼굴이 빨개졌다. 사실은 이날따라 법정 스님의 안색이 좋지 않게 보였던지라, 밥 밑에 고기를 살짝 깔았던 것이었다. 그걸 발견한 법정 스님이 지적한 것. '문제' 앞에서 안절부절못하는 그에게 법정 스님이 일러준 '답'은 이랬다고 한다.

"지금까지 시집 안 가고 버텨온 게 아까워서 그래!"

※ 곡차 : 불교에서 술을 가리키는 말
※※ 선정 : 마음을 쉬는 수행

알고 보면 재미있는
수호성인

천주교 원로사목자 최익철 신부는 취미 덕분에 유명하다. 그의 취미는 바로 우표 수집. 1970년대까지만 해도 한국에서 우표 수집은 꽤 인기 있는 취미였다. 별다른 재미거리가 없던 시절, '수출 100억 불 달성' 등을 기념하는 새 우표가 나온다고 하면 학생들이 서울 광화문우체국 앞에서 밤을 새며 줄섰다가 아침에 우체국이 문을 열자마자 사던 풍경이 신문 사회면을 장식하곤 했다.

최 신부는 천주교 사제답게 천주교 신앙과 관련된 우표를 수집했다. 책도 냈는데 그 중 하나가 2002년 칠순을 맞아 펴낸《우표로 보는 성인전》. 여기에는 세계 114개국에서 발행된 642장,

572명의 성인 얼굴이 실렸다. 성인을 담은 우표와 함께 성인의 짧은 일대기를 정리한 책 속엔 또 다른 재미있는 이야기가 수두 룩하다. '수호성인' 이야기다.

수호성인이란 "어떤 직업, 장소, 국가, 개인이 특정한 성인을 보호자로 삼아 존경하며, 그 성인을 통해 하느님께 청원하며, 하느님의 보호를 받는" 존재다(가톨릭대사전). 직업, 장소, 국가, 개인이 다 포함되는데 간호사와 간호단체의 수호성인(가밀로)이 있는가 하면 빵 장수(로코), 남아메리카와 필리핀·인도(로사), 리히텐슈타인(루치오) 등도 수호성인이 있다.

수호성인을 세우는 관습은 그리스도교 초기 순교한 성인의 무덤 위에 성당을 지으면서 시작된 것으로 알려져 있다. 실제로 세계 천주교의 심장이라 할 바티칸 성베드로대성당은 베드로 성인, 아시시의 성프란치스코대성당은 프란치스코 성인의 무덤 위에 세워졌다. 전 세계 순례객들을 불러 모으는 스페인 북서부의 산티아고 데 콤포스텔라 대성당 역시 야고보 성인의 무덤 위에 지어졌다. 야고보 성인은 스페인의 수호성인이기도 하다. 서울 명동대성당의 수호성인은 '원죄 없이 잉태되신 복 되신 동정녀 마리아'이다.

특정 직업, 장소, 국가의 수호성인을 선포하는 것은 교황이다.

개별적으로 인연이 있는 경우가 많다. 그 하나의 예가 좌절하고 실망한 사람들의 수호성인인 리타 성녀. 그녀는 카시아의 아우구스티노 수도회에 입회하려 했으나 3번이나 거절당했고 그래도 포기하지 않고 끈질기게 신청해 끝내 입회에 성공한 인물. 과연 좌절하고 실망한 사람들에게 용기를 줄 법한 인물이다.

또 성인 자체가 해당 직업에 종사한 경력이 있는 경우도 있다. 변호사와 집달리 등 법률과 관련된 직업의 수호성인인 이보 성인은 13세기 프랑스의 판사 출신이다. 《유토피아》를 쓴 영국의 토머스 모어도 법률가의 수호성인이다. 또한 예수회를 설립한 이냐시오 성인은 피정과 영신수련의 수호성인, 이냐시오 성인과 함께 예수회를 설립하고 동방 선교에 앞장선 프란치스코 하비에르는 선교의 수호성인이다.

그밖에도 뱃사공(브렌든), 대장장이 · 간호사 · 광부(아가다), 금속세공인(엘리지오), 빵 제조업자와 빵집(엘리사벳), 우편집배원(제논), 장례(요셉), 편집 · 교정자(요한 보스코), 학생 · 청소년(알로이시오) 등 다양한 직종에 수호성인이 있다. 천주교인은 성인의 이름을 따 세례명을 갖기 때문에 동명이인도 많다.

문명 발달과 함께 새 직종이 등장함에 따라 새로운 수호성인이 선포되기도 한다. 미디어를 통한 복음 전파에 앞장서는 성바오로수도회와 성바오로딸수도회의 설립자인 이탈리아의 알베리오네 복자는 '인터넷의 수호 복자'이다. 웬만한 직업에는 거의 수호성인 혹은 수호복자가 있는 셈이니 천주교 신자라면 누구나 '빽'을 가지고 있다는 자신감을 가져볼 일이다.

남녀칠세
'기역자'

1907년 평양대부흥의 발화 지점인 장대현교회. 지금은 빛바랜 흑백사진만 남았지만 사진만으로도 당시 이 교회의 위용을 느낄 수 있다. 언덕 위에 높다란 천장의 기와집이다. 그런데 구조가 ㄱ자다. 예배 장면을 촬영한 사진을 보면 이유를 알 수 있다. ㄱ자의 양쪽변에 남녀가 각각 앉도록 좌석을 배치했기 때문이다. 분명히 같은 공간이지만 서로 얼굴을 볼 수 없는 구조다.

남녀칠세부동석. 양갓집 규수는 집 밖 출입도 자유롭지 않던 시절, 선교사들은 조선 사람들의 금기를 건드리지 않으면서 남녀가 함께 예배드릴 수 있는 건축 구조로 ㄱ자를 택한 것이다.

전북 김제의 금산교회과 익산의 두동교회 역시 나지막한 기와집을 ㄱ자로 꺾어 지어 남녀의 자리를 나눴다. ㄱ자 구조는 아니지만 경북 영천의 자천교회는 직사각형 예배당 가운데에 나무판자로 벽을 가로질러 남녀 좌석을 구분했다. 서울 새문안교회 역시 초기엔 휘장을 쳐서 남녀의 사이를 가른 사진이 남아 있다. 이는 가톨릭도 마찬가지. 경남 밀양 명례성지성당 역시 나무판으로 남녀 좌석을 나눴던 것을 알 수 있다.

우리나라에 들어와 토착화된 가톨릭과 개신교가 남녀를 좌우로 나눴다면, 유대교와 이슬람 사원은 같은 공간에서 앞뒤로 남녀 좌석을 구분한다. 서울 이태원 이슬람교 중앙성원도 예배 시간에 아래층은 남성, 위층은 여성이 자리한다. 이주화 이맘예배인도자은 "층을 나눌 수 없이 같은 공간에서 예배를 드릴 때는 남성이 앞줄, 여성이 뒷줄에 자리 잡습니다"라고 했다.

서울 용산 주한미군 영내의 유대교 회당인 시나고그를 방문한 적이 있다. 약간 부채꼴로 퍼진 공간으로 그냥 탁 트여 있었다. 인터뷰하던 랍비는 예배 절차를 안내하면서 남성은 앞줄, 여성은 뒷줄에 앉는다고 했다.

왜 하필 남자가 앞줄, 여자는 뒷줄일까? 이에 대해 랍비는 명쾌하게 답했다.

"남자들은 자기들 앞에 여자들이 있으면 딴 생각(?)이 많이 생기지만, 여성들은 그렇지 않기 때문이죠."

옷 한 벌의
무게

양복에 넥타이를 매는 개신교 목회자와 달리, 천주교 사제나 불교 스님들은 우선 복장에서부터 일반인과 차별화된다. 2014년 염수정 추기경이 한국의 새 추기경으로 서임되면서 교황·추기경·대주교·주교·사제의 복장에도 관심이 쏠린 바 있다.

천주교 사제들은 기본적으로 미사 등 예식 때 입는 기본 복장인 '수단'에서부터 색깔로 신분이 구분된다. 수단은 발목까지 길게 내려오는 옷으로 앞섶에 수십 개의 단추가 달려 있다. 사제와 부제는 검은색인데 이는 세속에서의 죽음, 즉 그리스도께 봉헌된 삶을 상징한다. 대주교와 주교는 자주색을 입는다. 추기경은 진홍색이다. 자주색과 진홍색은 공통적으로 순교자의 피를 뜻한다. 추기경의 진홍색은 여기에 더해 교황을 보좌한다는 뜻이 추가된다. 마지막으로 교황은 흰색 수단을 입으며 이는 예수 그리스도의 대리자를 뜻한다. 가톨릭의 본고장 유럽에서는 사제나 주교, 대주교가 수단 차림으로 거리를 다니는 모습을 자주 볼 수 있다. 그러나 그 외의 지역에서는 로만칼라가 달린 셔츠 형태의 옷을 입는다.

조계종 스님들의 경우는 가사袈裟가 품계를 보여 준다. 가사란 스님들이 왼쪽 어깨에서 오른쪽 겨드랑이 아래로 드리워 입는 천을 말한다. 왕자였던 부처님이 출가해 자신의 옷을 사냥꾼에게 벗어 주고 대신 걸친 사냥꾼의 천 조각, 시체 덮었던 천 조각 등에서 비롯되었다. 따뜻한 인도나 남방과 달리 사계절 뚜렷한 우리나라에서는 장삼 위에 걸치는데, 이 가사를 통해 스님들의 법랍승려가 된 뒤로부터 치는 나이. 한여름 동안의 수행을 마치면 한 살로 친다을 표현하고 있다.

광복 후 성철 스님 등이 봉암사 결사에서 발우와 가사 등의 원칙을 정했는데 2006년 조계종은 가사의 규격을 다시 한번 새롭게 정했다. 조계종이 규정을 통해 가사를 통일한 것은 한때 '가사 불사'라 하여 윤달에 스님들께 가사를 지어 공양하는 것이 과열

됐기 때문이다. 가사는 네모난 천 조각을 이어 붙여 만드는데 조계종은 스님들의 법랍과 품계에 따라 가사의 조條 짧고 긴 조각 천을 이어 세로 방향으로 띠를 만든 것의 수를 달리했다.

조계종은 당시 가장 높은 대종사는 25조, 그 아래 종사는 21조, 종덕은 19조, 대덕은 15조, 중덕은 9조, 견덕은 7조 등으로 나눴다. 그러나 조계종 가사의 색깔은 짙은 갈색으로 모든 스님들이 같다. 그래서 스님들이나 유심히 살펴보는 불자들이라면 모를까 일반인의 눈으로 멀리서 봐서는 단번에 구분이 되지 않는다.

그러나 복장을 통해 성직자의 지위를 구분하는 것은 천주교나 불교 내부의 사정일 뿐이다. 사제나 스님의 복장에 담긴 정신적 공통점은 희생. 화려한 삶이 아니라 중생과 속인들을 위해 낮추고 희생하며 순교하는 상징인 것이다. 옷 하나일 뿐이지만 성직의 무게는 그렇게 무겁다.

부처의 서광이
서린 성당?

아기가 태어나면 이름 짓기에 정성을 들이듯, 새로 생긴 종교시설 역시 작명이 중요하다. 이름엔 정체성과 지향하는 목표를 모두 담는다. 해인사의 백련·홍제·원당·지족·길상·보현암 등에는 사찰과 암자 작명법의 알파와 오메가가 있다. 깨달음을 상징하는 꽃(백련), 사명대사의 시호인 '자통홍제존자慈通弘濟尊者', 왕의 발원(원당), '만족할 줄 알라(지족)'는 가르침, 상서로운 징조(길상), 보살의 이름(보현) 등이다.

　여기에 더해 걸출한 스님의 가르침과 일화에서도 따온다. 조계사의 '조계曹溪'는 중국 선종 6조 혜능 스님이 머물렀던 중국 광

둥성 계곡 이름에서 나왔다.

한편 대개 지명을 성당 이름으로 삼는 천주교는 창의성을 발휘할 여지가 별로 없어 보인다. 하지만 최근 솔모루·스무숲·샘밭·솔올(이상 춘천교구), 감골·던지실·버드내(이상 수원교구), 쑥고개·가재울(이상 서울대교구), 꽃바위·달맞이(이상 부산교구), 숲정이·솔내(이상 전주교구) 등 순우리말 이름 성당이 늘고 있다. '봉천8동 성당'을 '쑥고개성당'으로 바꾸듯 예쁜 이름으로 개명하기도 한다.

반면 개신교 교회는 작명의 폭이 넓다. 교회가 위치한 행정구역뿐 아니라 안디옥(안티오키아), 베들레헴 등 성경 속 지명이나 '임마누엘(하나님이 우리와 함께 계시다)', '할렐루야(하나님을 찬양하라)' 등의 히브리어 그리고 '기쁨', '소망', '사랑'과 요한계시록의 '흰돌'처럼 성경 속 일화와 비유에서 가져오기도 한다. 서울 도렴동 '종교교회'는 흔히 무슨 교회 이름이 종교냐는 오해를 받곤 하지만 한자론 그 종교宗教가 아닌 '종교宗橋'라고 쓴다. 과거 인근에 있던 종침교琮琛橋라는 다리 이름에서 비롯됐다.

때론 한 종교시설 이름에 여러 종교가 공존(?)하기도 한다. 불교가 1,600년간 지명을 선점하고 있었기 때문이다. 서울 불광동은 '부처의 서광이 서려 있다'라는 뜻에서 비롯된 지명이고, 진관동은 진관사에서 이름이 나왔다. 불광동성당, 진관교회 등은 불교와 천주교, 개신교가 한 이름 속에 함께 있는 셈이다. 그러고 보니 한때 경주엔 '불국사교회'가 있었고(《한국의 종교》 참조), 지금도 직지사가 있는 김천엔 65년 역사의 '직지교회'가 있다.

과연
새벽은 뜨거웠다

2010년의 첫 출근일인 1월 4일, 오전 3시 40분 서울 강남구 봉은사. 새벽 예불은 4시 30분에 시작되고, 스님들이 목탁을 치며 세상만물을 깨우는 도량석도 새벽 4시쯤 돼야 시작되지만 법당 안엔 벌써 100여 불자가 절을 올리고 있었다.

잠시 후 새벽 5시 40분 서울 명동성당. 그 사이 함박눈이 펑펑 쏟아졌다. 그럼에도 150여 신자가 6시 30분에 시작하는 미사 참례를 위해 종종걸음을 치는 중이었다. 그리고 이튿날인 5일 새벽 6시 서울 강동구 명성교회. 새벽 기도회로 유명한 이 교회엔 3,500여 명이 본당을 가득 메우고 있었다.

5년 전 새해 첫 새벽에 불교, 천주교, 개신교 종교시설을 돌아본 것은 유독 한국적 현상으로 불리는 새벽의 모습을 보기 위해서였고, 더 솔직히 말하면 기사 아이디어의 빈곤 때문이었다. 종교 담당 기자는 기본적으로 '세시풍속 담당(?)'과 비슷하다(물론 세시풍속을 담당하는 기자는 없지만). 매년 각 종교의 명절을 빠짐없이 챙겨야 한다. 대개 부활절로 시작해 원불교 대각개교절(4월 28일), 부처님 오신 날을 거쳐 성탄절로 한 해를 마치게 된다. 각 종교 명절 때에는 특별 인터뷰, 특집 기획도 준비해야 한다.

그런데 그렇게 7년쯤 하다 보니 매년 비슷비슷한 기사를 계속 쓰게 됐다. 그래서 뭔가 좀 색다른 게 없을까 궁리하다 궁여지책으로 새벽 풍경을 한번 돌아보자 싶었다. 물리적으로 하루에 세 종교를 모두 돌아볼 수는 없기에 첫날은 불교와 천주교, 다음날은 개신교로 나눴던 것이다. 그런데 과연 새벽은 뜨거웠다. 물론 그 이전에도 새벽기도회 등을 취재한 적은 있었다. 그렇지만 새해 첫 출근하는 날부터 그렇게 많은 신자들이 있을 것이라고는 짐작하지 못했다.

특히 1월 4일 새벽엔 폭설이 내렸다. 봉은사에서 명동성당으로 이동하던 중에 내리기 시작한 눈은 이내 함박눈으로 변했다. 명동성당에 도착했을 때에는 이미 발목까지 푹푹 빠졌다. 성당 직원들이 열심히 비질을 해도 내리는 양이 너무 많았다. 그럼에도 속속 성당에 입장하는 신자들을 봤을 때 '신앙심'이란 단어밖에 떠오르지 않았다.

종교기관에서 열리는 새벽 예식 참가자들을 만나 보면 모두 '새벽에 중독'된 것임을 알 수 있다. 사실 불교와 천주교의 새벽 예불과 미사는 전승되어 온 예전이지만, 한국 개신교의 새벽기도는 우리에게 개신교를 전래해 준 미국에서도 드문 현상. 개신교계에서는 1906년 평양 장대현교회의 길선주 장로를 그 시초로 여긴다. 개신교로 개종하기 전 토속 신앙에도 심취했던 길 장로(그는 1907년에 목사 안수를 받았다)가 당회의 허락을 받아 교회에서 새벽기도회를 연 것이 전국적으로 확산됐다는 것이다. 다른 한편으로는 개신교 전래 이전에 어머니들이 정화수를 떠놓고 치성을 드리던 것이 개신교로 수용됐다는 설도 있다.

학술적인 유래를 떠나 일상이 나른하고 지루하다는 느낌이 들 때면 새벽에 어떤 종교시설이든 한번쯤 가볼 만하다. 남대문시장이나 동대문시장 못지않게 이 나라의 새벽을 깨우는 뜨거운 열기를 맛볼 수 있을 것이다.

이야기
둘

돌아보면 아련한 그 시절

미워할 수 없는 너,
천 원짜리여!

여러 종교 성직자들이 모이는 기회가 더러 있다. 종교간 대화나 평화를 위한 모임, 지역별로 친해진 성직자들의 모임 등이다. 이런 자리에선 꼭 농반진반으로 나오는 화제가 있다. '반갑지 않은' 화폐 단위에 대한 이야기다. 답은 모든 종교 공히 천 원짜리 지폐. 천 원짜리 지폐는 왜 이렇게 성직자들로부터 불청객 신세가 됐을까?

프란치스코 교황은 연일 성직자가 돈을 밝히면 안 된다고 질타하지만, 종교 역시 돈 없이 돌아갈 수는 없는 것이 현실. 밝히면 곤란하겠지만 없어서도 안 되는 것이 돈이다. 천주교에는 '교무금'이란 게 있다. 신자들이 1년 동안 다달이 얼마씩 내겠다고 약속한 금액이다. 성당과 사제 입장에서 보자면 예측 가능한 수입인 셈이다. 각 성당은 이 금액을 교구에 보고하고 교구는 이를 근거로 예산의 얼개를 짠다. 물론 바티칸에 보낼 납부금도 여기서 지출된다. 그러다 보니 소득이 높은 지역에 신자가 많은 성당일수록 건물에 비가 새도 수리할 돈이 없다는 말이 나온다. 헌금이 많은 성당일수록 교구에 보내야 할 액수도 많기 때문이다.

하지만 미사 시간에 돌리는 헌금 주머니는 그야말로 '자발적'으로 내는 돈이다. 그런데 이 주머니를 열어 보면 천 원짜리가 수두룩하다. 독실한 천주교 신자인 조선일보 후배의 증언.

"제가 초등학생 시절에 미사 복사 미사 때 사제를 도와 시중드는 일를 섰는데요. 주요 임무 중의 하나가 미사 끝난 후 제의실에서 헌금 주머니에 담긴 헌금을 지폐별로 분류하는 거예요. 천 원짜리는 천 원짜리대로, 5천 원짜리는 5천 원짜리대로, 만 원짜리는 만 원짜리대로 모으는 것이죠. 그런데 천 원짜리만 수북하고 5천 원짜리, 만 원짜리는 가뭄에 콩 나듯 있어요. 누굴 탓할 수도 없는 것이 저희 어머니도 성당 가실 땐 저에게 '너 천 원짜리 있냐' 물으시곤 5천 원짜리를 천 원짜리로 바꿔 가시더라고요."

교회도 마찬가지다. 헌금을 드린 사람 이름이 적혀 있는 주보의 기명 헌금 란에는 수만 원부터 수백만 원까지 낸 이들의 이름이 수두룩하다. 그러나 예배 시간에 돌리는 헌금주머니엔 천 원짜리가 대부분이다. 사찰도 사정은 같다. 부처님 오신 날과 명절 그리고 돌아가신 이를 위한 연등을 달고 재를 올릴 때 등 자신의 이름을 밝힐 때는 거액을 쾌척하는 불자들이 있지만 부처님 앞에 놓인 불전함에는 천 원짜리만 그득하다.

이는 인간의 본능적 심리 때문이기도 하다. 내 이름을 밝히는 것도 아니고 누가 냈는지도 모를 함에 큰돈을 넣자니 좀 손해 보는 느낌이 드는 건 당연지사. 그러다 보니 넣었을 때 '댕그랑' 소리가 나는 동전은 곤란하고, 그냥 '서걱' 소리가 나서 지폐인 줄은 알 수 있지만 액수는 다른 사람이 눈치채기 힘든 천 원짜리 지폐를 고르게 되는 것이다. 그것도 5천 원짜리 한 장을 넣는 것보다는, 일단 손모양이라도 두툼하게 보이도록 천 원짜리 다섯 장을 넣는 식이다.

하지만 헌금 액수의 많고 적음이 신앙심과 반드시 비례하는 것은 아닌 법. 은퇴를 앞둔 한 신부는 평소 미사 강론 시간에 신자들과 눈을 맞추지 않고 천장을 보면서 이야기한다. 이를 궁금하게 여긴 한 신자가 이유를 물었다. 그 신부의 대답은 이랬다.

"신자석을 둘러보며 강론을 하다 보면, 본의 아니게 헌금 많이 낸 사람을 한 번이라도 더 쳐다보게 된다. 인지상정이니까. 그런 일이 반복되면 결국엔 다른 신자들이 눈치채게 되고 헌금 부담을 느끼게 된다. 그러기 싫어서 천장 보고 강론한다."

이 말을 남긴 신부는 염수의 신부. 천주교 서울대교구장인 염수정 추기경의 친동생이다. 그는 지난 2014년 7월, 당시 5억 원을 호가하던 안중근 의사의 마지막 유묵인 〈경천敬天〉을 매입해 서울대교구에 기증하기도 했다. 친형이 추기경이 됐음에도 온갖 언론의 취재를 마다하며 그늘로 숨었던 그는 사실 한국 천주교 회사의 숨은 인물과 업적을 기리는 현양사업에 앞장서고 있기도 하다. 개포동성당 주임 시절에는 초대 한국교구장이었던 프랑스 출신 브뤼기에르 주교의 삶과 업적을 널리 알리는 데 힘썼으며, 잠원동성당 주임으로 옮겨서도 안 의사의 서예 작품을 구입해 기증했던 것. 교회사의 인물을 기리는 사업은 비용도 많이 든다. 그럼에도 염 신부는 헌금의 많고 적음으로 신자와 얽히는 관계를 조심했던 것이다.

이 내용이 〈모든 종교인들의 애증 대상인 천 원짜리〉라는 제목으로 조선일보에 실린 날, 평소 친하게 지내던 불교계 인사로부터 사진 한 장이 휴대폰으로 날아왔다. 투명 플라스틱으로 만든 불전함을 촬영한 것이었다. 불전함 속에는 역시 천 원짜리만 그득했다. 마침 가족들과 함께 있을 때 받은 사진이어서 돌려가면서 불전함 속을 살펴봤다. 그날 우리 가족이 찾은 천 원짜리 이외의 지폐는 만 원짜리 딱 한 장이었다.

선방 풍경

여름과 겨울, 두 차례에 걸쳐 석 달씩 선원에 들어가 산문山門 출입을 삼간 채 오로지 화두만 들고 참선수행하는 하안거와 동안거는 한국 불교의 자랑스런 전통이다. 부처님 당시의 승가는 원래 탁발(걸식)하면서 이동하며 법을 전했다. 그러다 비가 오는 우기엔 한곳에 머물며 단체로 수행했다. 이동하면서 벌레 등을 무의식중에 밟아 죽이는 것을 방지하기 위해서였다. 이 전통이 중국을 거쳐 한국으로 오면서 겨울철 동안거까지 더해진 것.

　동안거나 하안거 취재를 가면 큰 선방의 가장 잘 보이는 벽에 큼지막한 '벽보'가 붙어 있는 것을 볼 수 있다. '용상방'이라 적힌

이 벽보엔 그 선방에서 안거를 날 스님들의 이름이 죽 적혀 있고, 이름 위엔 소임이 하나씩 적혀 있다. 석 달 동안 각자 할 일을 정해 놓은 일종의 역할 분담표인 셈이다.

선원의 안거는 '방부'를 들이는 것부터 시작된다. 방부란 안거 신청서다. 인원 사정에 맞아 신청이 접수되면 2~3일 전 도착해 짐도 정리하고 인사를 나눈다. 이때 구성원들의 법랍과 안거 경력 등을 기준으로 대략 각자의 소임이 결정된다. '하루 일하지 않으면 하루 먹지도 말라'는 청규에 따라 선원도 기본적으로는 자급자족을 원칙으로 하기 때문에 할 일이 많다. 수덕사처럼 선농일치禪農一致를 원칙으로 삼는 경우엔 여러 농사일도 해야 한다.

이렇게 정해진 소임에 따라 용상방에 이름이 적힌다. 선원의 가장 어른인 조실이나 방장 그리고 총감독 격인 유나維那, 선방 스님들의 수행일상을 일일이 챙기는 반장 격인 입승立繩, 대중의 잘못을 살펴 시정하는 찰중察衆, 살림을 맡는 원주院主 등이 정해진다. 그 다음에는 약 담당, 쌀 담당, 채소 담당, 국 담당, 물 담당, 불 담당, 화장실 담당 등이 하나하나 정해진다. 옷 손질을 담당하는 소임도 있다. 선방 규모에 따라 차이가 있지만 국내 선방에서 쓰이는 용상방의 소임을 모두 합하면 80여 가지에 이른다고 한다.

소임은 대개 법랍 순으로 정해진다. 출가 경력이 짧고 선방 경험이 적은 스님일수록 몸 쓰는 일을 맡는 식이다. 그런데 가끔은 고참 수좌가 차를 끓이는 다각이나 험한 일을 맡겠다고 나설 때가 있다. 솔선수범하는 것이다. 그러나 막상 고참이 험한 일을 맡으면 후배 스님들이 불편해하는 경우도 있다고 한다.

이렇게 나눴어도 사실 쉬운 일은 하나도 없다. 사람의 취향은 모두 다르기 때문. 음식 맛을 맞추는 것부터 불 때는 온도까지 어느 하나 모두를 만족시킬 수 있는 방법은 없다. 모두가 매순간 하심下心하면서 정성을 다하지 않을 수 없는 이유다. 불교에서 "대중이 공부시켜준다"는 말이 있고, "대중생활 얼마나 해봤느냐"는 물음은 이런 배경에서 나온 것이다.

고참 선승들은 요즘의 선방 풍경이 많이 바뀌었다며 아쉬워한다. 웬만한 짐은 택배로 부치고 미리 도착해 서로 인사를 나누는 경우도 적어졌다고 한다. 또 안거가 끝나고 만행을 떠날 때 주는 여비를 많이 주는 곳에 사람이 몰린다고도 탄식한다. 그럼에도 아직 선승들이 한국 불교의 희망이라고 말한다. 용상방은 이들이 석 달 한 철 잘 살겠다고 다짐하는 서약과 같은 것이다.

그들이
효도하는 법

"아무리 생사를 걸고 정진하는 수도승이지만 어머니가 저 멀리 남쪽 끝 진주에서 여기까지 찾아오셨으니 마냥 외면하는 것은 도리가 아니다. 어머니를 맞이하든지 아니면 선방을 떠나야 한다!"

성철 스님이 출가하고 4년쯤 지난 때이니 1940년대 초반일 것이다. 하안거 중이던 금강산 마하연 선원에선 선방의 전체 회의 격인 '대중공사'가 열렸다. 안건은 바로 '성철 스님의 어머니 면회'. 생때같은 장남이 말없이 출가한 후 속을 태우던 어머니가 수소문 끝에 이곳에 아들이 있다는 소식을 듣고 불원천리 찾아온 것. 그러나 성철 스님이 이를 듣고도 내다보지도 않고 참선만 하고 있자 동료 선승들이 보다 못해 들고 일어난 것이었다. 대중의 의견을 따라 어머니를 만난 스님은 들입다 "뭐 하러 여기까지 찾아오셨습니까?"라며 쏘아붙였다. 그러나 성철 스님의 어머니도 보통 단수가 아니었다.

"나는 니 보러 온 거 아이다. 금강산 구경 왔재."

아들 손잡고 금강산 유람을 마친 성철 스님 어머니의 말씀은 이랬다.

"보고 싶던 아들 손잡고 금강산 구경 잘 했재. 아들한테 업히기도 하고 매달리기도 하고. 그래그래 금강산을 돌아다니는데 이게 꿈인가, 생시인가 싶은 마음에 분간이 안 되는기라. 금강산 구경 잘 하고 헤어졌재."

성철 스님은 이렇게 도반들 덕에 효도했다. 사실 부모와 맺은 인연도 끊고 출가한 종교인들은 부모를 보통 자식들처럼 모시지 못한다. 어버이날을 따로 챙기지 못하는 경우도 많다. 대신 자신들만의 방법으로 효도한다. 한 수녀는 묵주기도를 잊어버렸으니 가르쳐 주고 가라고 하신 어머니 이야기를 SNS에 올렸다. 사도신경, 주님의 기도, 성모송 등 잘도 외우던 기도를 마음대로 건너뛰신다. 요양원에 계시는 어머니의 기억이 이제 가물가물한 것.

한 비구니는 월간《해인》에 "아버지는 아흔 살 봄날 아침 함박
꽃이 활짝 필 무렵, 어머니는 능이버섯이 유난히 흐드러지게 올
라왔던 늦가을 여든여덟 살에 산속 당신들이 머무셨던 방에서
막내 손을 잡고 이승을 하직하셨다. 대웅전에 들어가 단 한 번
삼배三拜의 예도 표해 보지 못했던 막내는 어머니 돌아가신 백일
째 되는 날, 절집에 들어와 머리를 깎았다"라고 출가 사연을 적
었다.

히말라야 오지 아이들이 '마더'라고 부르는 원불교 박청수 교
무. 두 딸을 원불교 교무로 출가시킨 뒤 평생 뒷바라지했던 그의
어머니는 어느 날 딸들 앞에 2천만 원을 내놓으며 말했다.

"너희는 아들, 며느리도 없고 딸도 사위도 없으니까 엄마가 그
대신 너희 환갑 준비를 했다. 엄마 정성이다."

박 교무는 그 귀한 돈을 캄보디아 지뢰 제거 비용에 보태 썼
다. 그리고 어머니 이름을 딴 교당을 캄보디아에 지었다.

종교인이 되고 출가한다는 것은 평범한 삶을 포기하고 남들과
다른 가치를 추구한다는 뜻이기도 하다. 옛 스님들 중에는 속가
의 부모님이 돌아가셔도 상주 역할은커녕 문상도 하지 않은 분
도 많았다. 출가하는 순간 속세의 인연은 끊어졌다고 본 것. 그

러나 부모·자식 관계가 어디 끊는다고 끊어지던가. 지금도 많은 종교인들은 속세와는 다른, 그러나 속인들 못지않게 간절한 자신들만의 방식으로 부모님께 효도하고 있다. 그래서 그 모습은 더 애절하다.

왜 스님만
'님'자를
붙이나요?

　"신부는 그냥 신부, 목사도 그냥 목사라고 쓰면서 왜 꼭 스님에만 '님'자를 붙입니까? 불교를 우대하는 편향적인 단어 사용 아닌가요?"

일간지 종교 담당 기자들이 자주 받는 '항의 리스트'의 맨 앞줄에 있는 질문이다. 기자들끼리 모여 맞춰 봐도 단연 이 질문성 항의가 제1번으로 꼽힌다. 하긴 '님'은 하느님, 하나님, 선생님 등에서 보듯 '그 대상을 인격화하여 높임의 뜻'을 더하고, '그 대상을 높이고 존경의 뜻을 더하는' 의미에서 쓰는 접미사다. 그런 시각에서 보자면 왜 하필 스님만 '님'인가 싶다. 하지만 목사, 신부의 호칭을 잘 들여다보면 해답이 숨어 있다. 신부, 목사란 단어에는 이미 높임의 뜻이 포함돼 있기 때문이다. 목사牧師의 '스승 사師', 신부神父의 '아비 부父'가 그 열쇠다. 그러면 왜 목사와 신부는 이미 스승과 아버지라는 뜻이 포함된 이름을 갖게 됐을까?

우선 신부의 경우 신부는 라틴어 'presbyter', 영어의 'Father'를 한자어로 옮긴 것이다. 16세기 초 중국에 천주교가 전래될 당시부터 이렇게 옮긴 것으로 추정된다. 한국천주교주교회의가 펴낸《천주교 용어 자료집》에 따르면, 신부와 같은 뜻으로 자주 사용하는 '사제司祭'의 경우는 라틴어 'sacerdos'로 영어 'priest'를 한자로 번역한 것이다.

그런데 개신교 '목사'의 경우는 다소 복잡하다. 학계에서는 이 말을 19세기 말 선교와 함께 들어왔다고 본다. 교회사敎會史 전문가 서정민 일본 메이지학원대 종교사 교수는 "대개 개신교 용어의 번역 루트는 2가지로 본다"라고 말했다. 일본 루트와 만주 루트다. 이는 개신교 선교의 길과 정확히 겹치기도 한다. 한국 개신교의 역사는 각각 장로교와 감리교 소속인 언더우드1859~1916와 아펜젤러1858~1902가 1885년 제물포를 통해 한날 한시 조선에 입국하면서 시작됐다. 배에서 내릴 당시, 부인과 함께 입국하는 아펜젤러에게 언더우드가 '레이디 퍼스트'라며 양보해 아펜젤러가 제1호 선교사로 기록되기도 했다.

여하튼 선교사에 의한 선교는 이렇게 시작됐지만 이미 당시 일본과 만주에서는 외국인 선교사들이 일본인과 조선인의 도움으로 일본어·중국어 성경을 한글로 번역해 국내로 공수하고 있었다. 특히 만주 루트의 경우는 신의주–정주–평양–한양으로 전달되면서 훗날 이들 도시가 개화하는 데 결정적 역할을 했다. 평양이 '동양의 예루살렘'으로 불리고 평안북도의 작은 도시 정주가 오산학교를 바탕으로 수많은 애국지사와 선각자들을 배출한 것도 이 만주 루트가 도화선이 되어 정주에 개화의 불을 놓은 덕분이다.

영어 'pastor'를 목자나 목동이 아닌 '목사'로 번역한 용어가 등장한 것은 1880년대 후반으로 학계는 보고 있다. 이미 시작부터 목사는 '놈놈'이나 '아이童'가 아닌 '선생님'으로 번역된 것이다. '실물' 목사가 처음으로 등장한 것은 감리교는 1901년, 장로교는 1907년이다. 1907년은 장로교의 그 유명한 평양대부흥이 일어난 해로, 당시 대부흥의 주인공인 길선주를 비롯해 7인이 목사로 안수를 받았다.

그런데 '목사'라는 단어는 일제강점기에 꽤 고생을 했다. 1930년대 후반 이후 중일전쟁과 태평양전쟁을 일으키고 군국주의의 더러운 마각을 노골적으로 드러낸 일제는 목사라는 단어를 '교사教師'로 강제로 바꿔 버렸다. 그래서 1940년대 감리교신학교는 '감리교교사양성소'로 강제로 개명됐다가 광복 후에야 제 이름을 다시 찾았다. 창씨개명이 비단 식민지 조선 백성의 이름에만 해당됐던 것이 아니었던 것이다.

자, 이제 본론으로 돌아가서 그러면 스님은 왜 '님'인가? 이에 대한 정설은 딱히 없다. 다만 '승僧'에 '님'을 붙여 '승님'으로 부르다가 보다 발음을 쉽게 하기 위해 받침 'ㅇ'이 탈락하면서 '스님'으로 바뀌었다는 설, '스승님'에서 '승'이 사라지고 '스님'으로 변했다는 설 등이 있다. 고려 문종의 아들로서 개성 영통사를 중심으로 천태종을 일으켜 세운 대각국사 의천, 태조 이성계를 도와 조선 건국에 일조한 무학대사처럼 고려와 조선시대 국사國師, 왕사王師들도 모두 스승이란 뜻이다.

이렇게 설명을 해도 스님에 '님'자 붙여 부르는 게 불만인 분이 계시다면 이래 보면 어떤가. '성철 스', '법정 스'. 아무래도 어색하지 않나.

냉담의 빙하,
녹을까 안 녹을까

  "냉담冷淡의 거대한 빙하가 녹고 있다."

2014년 프란치스코 교황의 방한 이후 국내 천주교계에 돌았던 농담이다. 그런데 눈에 보이는 강력한 성과(?)는 쿠바에서 먼저 날아왔다. 2015년 5월 10일, 바티칸을 방문한 라울 카스트로 쿠바 국가평의회 의장이 다시 성당에 나가겠다고 한 것. 그는 "교황의 지혜와 겸손함에 큰 감명을 받았다. 교황의 연설문을 모두 읽었는데, 교황이 계속 그런 방향으로 나아간다면 나는 다시 기도하고 성당에 다니겠다. 이는 농담이 아니다"라는 말도 했다. 카스트로가 다시 성당에 나간다면 1959년 쿠바 혁명 이후 반세기 넘게 얼어붙었던 냉담이 녹는 셈.

한국 천주교에서 '냉담자'의 공식 용어는 '쉬는 신자'. 엄밀히는 3년 이상 판공성사를 하지 않은 신자를 가리킨다. 판공성사는 천주교 신자들이 연 2회 의무적으로 받아야 하는 고해성사다. 그런데 2014년 한국천주교주교회의는 춘계총회를 통해 이 의무 조항을 대폭 간소화했다. 연중 어느 때라도 고해성사를 받았다면 판공성사를 받은 것으로 '인정'한다는 것.

주교회의가 이런 결정을 내린 것은 현실적인 문제 때문이다. 주교회의는 "이 결정을 통해 신자들은 고해성사를 단지 무거운 의무로만 생각하는 것에서 벗어나 자발적으로, 자유롭게 고해성사를 받음으로써 영적 유익에 도움이 될 것"이라고 설명했다. 또 "로마교회법에도 신자는 1년에 한 번 이상 고해성사와 영성체를 해야 한다고 규정하고 있다"고도 했다. 결국 이 설명은 신자의 의무를 줄여 공식 이탈자를 줄인다는 것으로 요약된다.

한국 천주교의 성장세는 세계 가톨릭계를 봐도 이례적일 정도. 로마의 성당에 가면 주임 신부도 할아버지, 보좌 신부도 할아버지, 성가대와 신자석에도 할아버지나 할머니가 앉아 있는 모습이 일상화되어 있는데, 이와 비교하면 남녀노소가 한자리에 모이는 우리의 미사 풍경은 '건강'하기까지 하다. 그럼에도 한국 천주교회는 고민이 많다. 통계에 잡히는 신자는 꾸준히 늘고 있지만 미사 참여율과 냉담자 역시 증가하고 있기 때문이다. 작년 천주교 통계를 보면 미사 참여율은 21% 수준까지 떨어졌다. 예상보다 빠른 하락 폭이다.

그래서 한국 천주교계에서는 2015년 말에 집계될 새로운 통계를 주목하며 기다리고 있다. 천주교는 교리 공부를 마치고 세례를 받고 교적敎籍에 새 신자로 등록될 때까지 평균 6개월 이상 걸린다. 2014년 프란치스코 교황의 방한 후 하반기에 천주교 입교를 결심해 교리 공부를 한 사람들이 2015년 연말 통계에 포함될 예정이기 때문. 2015년 미사 참여율 추이도 관심거리다. '냉담의 거대한 빙하'가 진짜 녹고 있는지 보여 줄 바로미터라는 점에서다. 이래저래 '프란치스코 효과'는 국내외에서 여전히 관심거리다.

38만 원에
싱글벙글

"원불교는 불교인가요, 아닌가요?"

종교 담당 기자로서 가끔 받는 질문이다. 곰곰이 생각해 본다. '그러게 원불교는 불교인가 아닌가?'

원론적으로 말하자면 '원불교는 불교에 뿌리를 뒀지만 불교는 아니다' 정도가 아닐까. 원불교는 불교와 공통점도 많고 다른 점도 많다. 우선 원불교는 '영리'하다. 1916년, 소태산 박중빈 1891~1943 대종사는 원불교를 열 때 불교에 기반을 뒀다. 시작부터 광복까지 일제강점기에는 공식 명칭도 '불법佛法 연구회'였다. 불교는 아니면서 '연구'하는 모임처럼 보이도록 해 일제의 탄압을 피해갔던 것이다. 일제강점기가 끝나고 광복을 맞은 이후에야 원불교로 이름을 바꿨다.

원불교가 지닌 영리함의 진수는 신흥 종교로서의 이점을 최대한 '활용'한다는 점이다. 이는 나쁜 뜻이 아니다. 후발 주자의 최대 이점은 선발 주자들의 전철을 밟지 않고 피해갈 수 있다는 점이다. 이것만 해도 얼마나 큰 이점인가! 그 대표적인 것이 남녀평등이다. 불교의 비구와 비구니는 공식·비공식적으로 차등이 있지만 원불교의 남녀 교무는 거의 평등하다. 여성 교무가 교구장과 중앙총부의 행정기관장을 맡는 사례가 수두룩하고 조계종으로 치면 총무원장격인 교정원장까지 여성이 이미 역임했다. 종법만 따진다면 최고 지도자인 종법사도 여성이 맡을 수 있다.

다만 남성 교무는 결혼할 수 있지만 여성은 그렇지 않다. 검정 치마에 흰 저고리, 쪽진 머리 등 어디서나 눈에 확 띄는 조총련 학교 학생 같은 복장이 여성 교무들에겐 불만이랄까, 그 외에는 전부 남녀평등이다. 그나마 결혼과 복장 문제도 논의가 끊이지 않고 있어 머지않은 시일에 제약이 풀릴 것으로 보인다.

신자와의 관계도 그렇다. 종법사를 뽑는 종단 어른들의 모임인 '수위단'의 구성을 보면 교무 대 신자 비율이 3 대 1 정도다. 20세기 초반 서구의 신식문물이 제국주의와 함께 해일처럼 들이

닥치던 시절, "물질이 개벽하니 정신을 개벽하자"라는 기치를 들고 탄생한 신식 종교다운 점들이다. 특히 부정부패와는 담 쌓고 극도로 청빈하게 살아온 여성 교무들의 헌신은 오늘의 원불교가 국내 4대 종교로 발돋움하는 데 결정적 역할을 했다는 평가를 받는다.

원불교의 영리함은 국방부 군종장교를 보내는 과정에서도 돋보였다. 원래 군종장교는 개신교, 불교, 천주교에만 배정되어 있었다. 각 종교별로 정원이 정해져 있었던 것. 그 수는 좀체 늘지 않으며 불교의 경우는 조계종이 거의 독점하고 있다. 그런데 원불교는 이 철옹성을 뚫었다. 개신교나 천주교계에서는 원불교가 군종장교에 참여하려 했을 때 조계종을 쳐다봤다. "우리 일이라기보다는 그쪽 일이니 알아서 하라"는 것이었다. 반면 조계종은 "원불교는 불교가 아닌데?" 하는 입장이었다. 그 틈새를 원불교는 뚫었던 것이다.

그러면 불교와의 공통점은 어떤 게 있을까? 대표적 공통점은 참선 수행을 통해 해탈을 구한다는 점이 가장 크다. 소태산 대종사가 스스로 수행을 통해 정리한 《원불교 교전》도 불교 교리를 집대성해 현대화한 것이다. 교당에는 불상 대신 깨달음을 상징하는 일원상, 즉 벽에 붙인 둥근 원만 있는 것도 불교 선방에 불상을 모시지 않는 것과 같은 맥락이다.

수년 전 종교 담당 기자들이 전북 익산의 은퇴 교무들이 사는 중앙수도원을 방문했다. 오늘의 원불교를 일궈낸 장본인들이었다. 할머니 교무들은 연신 싱글벙글이었다.

"평생 용금(용돈)이 뭔지도 모르고 살았는데 여기 오니 돈을 줘요. 게다가 여기저기서 법문해 달라고 하고 법문하면 또 돈을 주고⋯⋯."

당시 그들이 받았던 용금은 월 23만 8000원으로 이 액수는 지금도 그대로다. 현역 교무들의 기본급은 월 38만 원이다. 그나마 이 액수도 몇 년 전 인상된 것이다. 남편이 원불교 교무인 경우 대부분 부인이 맞벌이에 나서지 않을 수 없는 형편이다. 그런데도 용금이 인상될 당시 원불교 교무들은 "가족 수당 등을 합치면 이젠 드디어 100만 원 넘게 받게 됐다"라며 참 좋아했다.

원불교가 창시되었던 100년 전은 국내에 여러 종교가 탄생했던 시기다. 말하자면 그때는 원불교도 신흥종교였다. 그러나 100년이 흐른 지금, 숱하게 명멸한 신흥종교 사이에서 원불교는 국내 4대 종교로 우뚝 섰다. 그 바탕엔 이 같은 성직자들의 헌신과 신심이 깔려 있었던 것이다.

휴지
한 칸이
몇cm인지 알아?

"아침에 화장실 가면 휴지는 세 토막, 치약은 새끼손가락 반 마디만큼만!"

2004년 5월, 부처님 오신 날을 앞두고 경남 산청에서 만난 성수 스님1923~2012은 인터뷰 도중 자신의 생활을 설명하며 이렇게 말했다. 약간 놀랐다. 출가하는 스님들에게 조계종을 대표해 계戒를 주는 전계대화상을 역임한 고승의 말씀치곤 상당히 실용적(?)이었다. 그 앞에는 "매일 아침 처음 하는 말은 좋은 이야기를 하라. 남의 속 찌르는 '송곳말', 머리를 내리치는 '도끼말', 남을 때리는 '작대기말' 하지 말고" 등 좋은 말씀을 하셨기에 더욱 그랬다.

그런데 이 휴지 이야기를 또 들었다. 사찰이 아닌 2014년 2월 염수정 추기경의 서임 감사식에서였다. 염 추기경은 가톨릭대 교무처장을 지낸 바 있다. 당시 그는 신학생들에게 "휴지 한 칸이 몇 cm인지 알아?" 하고 묻곤 했다. 학생들이 머뭇거리면 "한 칸에 11cm야. 아껴 써!"라고 했단다.

위의 두 이야기는 두루마리 휴지에 관한 이야기다. 한 장씩 쏙 뽑아 쓰는, 좀 더 비싼 티슈에 이르면 더욱 볼 만한 풍경이 벌어지곤 한다. 실제로 나는 티슈 한 장을 주머니에서 꺼내서 코 풀고, 다시 한 번 접은 뒤 식사 마치고 입가 한 번 닦는 식으로 접고 접어 거의 온종일 쓰는 성직자들을 여럿 만나 봤다. '휴지 한 통에 얼마 한다고 저러시나' 하는 생각이 들다가도 너무도 태연하게 혹은 당연하게 휴지를 접어 '재활용'하는 그들의 태도를 보면서 숙연해지곤 했다.

낡은 운동화, 안경, 지팡이 등을 유품으로 남긴 한경직 목사1902~2000와 2014년 103세를 일기로 세상을 떠난 방지일 목사1911~2014역시 한 푼도 허투루 쓰지 않았다. 정진석 추기경도 30년 넘게 들고 다닌 가죽 서류가방을 은퇴 후 혜화동 주교관에도 데려갔다. 서울대교구장 시절, 그는 결재서류가 이면지를 재활용한 것이 아니면 퇴짜를 놓을 정도였다. 30년 전쯤 천주교 신학생들이 명절을 맞아 은퇴한 주교나 사제들께 인사가면 이런 말을 듣곤 했다고 한다. "공부 잘 하고 있나? 열심히 해야 한다. 교우들이 어렵게 낸 돈으로 하는 공부니까."

이런 말씀을 해주시는 분들의 공통점은 연세가 많다는 점. 대부분 우리 조부모나 부모 세대가 그랬듯 근검절약이 몸에 밴 분들이다. 신자들의 돈이나 정성을 어려워했다는 것 또한 공통점이다. 법정 스님은 생전에 백석 시인의 연인으로 알려진 김영한 보살이 지금은 길상사가 된 성북동 대원각에 시주하려 했을 때 무척 머뭇거렸다. 시줏돈에 관한 법정 스님의 생전 지론은 이랬다.

"중은 시줏돈을 날아오는 화살처럼 여겨야 한다."

모든 종교의 시작은 '맑은 가난'이었음을 새삼 떠올리게 하는 어른들의 말씀이다.

또 하나의 이름,
세례명과 법명

'익益 요왕 사제 서품, 인스부르크에서'

장면 전 총리의 일기를 엮은 책 《장면 시대를 기록하다》에 나오는 구절이다. 여기서 '익'은 전 천주교 춘천교구장 장익 주교다. 장익 주교는 미국 메리놀대학교와 벨기에 루뱅대학교를 거쳐 오스트리아 인스부르크 신학원을 마치고 사제 서품을 받았다.

그런데 여기서 '요왕'이란 단어가 낯설다. 이 말을 가톨릭사전은 '사도 요한의 옛말'이라 설명한다. 자생적으로 신앙을 받아들인 한국 천주교 초기 신자들은 중국을 통해 성경과 서적들을 받아들였다. 그러다 보니 많은 용어가 중국식 한자어로 들어온 것이다.

중국식으로 적은 성인의 이름을 지금 보면 상당히 낯설다. 요한도 사도 요한은 '요왕', 세례자 요한은 '요안'으로 적었다. 베네딕도는 '분도', 바오로는 '보록', 마르코는 '말구', 토마스는 '도마'로 불렸다. 장면이 친필로 적은 가계도에 적힌 세례명 가운데는 이렇게 요즘 기준으로는 해독이 쉽지 않은 이름이 많다. '베드루(베드로)', '누수(루도비코)', '도민고(도미니코)', '말다(마르타)', '스더왕(스테파노)' 등이 그렇다. 독실한 천주교 신자로 옥중에서 마지막으로 〈경천敬天〉이란 글자를 남긴 안중근 의사의 세례명은 '도마'다. 2014년 한국을 다녀간 프란치스코 교황을 이런 식으로 표기하면 '방지거(방지가) 교황'이 된다.

천주교 세례명은 세례를 받고 새 이름을 가짐으로써 예수 그리스도 안에서 새로 태어난다는 것을 뜻한다. 통상 신자가 자신이 좋아하는 성인의 이름을 골라 정하며, 평생 그 성인을 수호자로 공경하며 덕행을 본받으려 애쓴다는 의미가 있다. 프란치스코 교황으로부터 세례를 받은 세월호 유가족 이호진 씨도 직접 '프란치스코'라는 세례명을 택했다.

한편 신자들에게 세례명이 있다면 수도자들은 수도회에 입회하면서 수도명도 갖게 된다. 수도명 가운데는 일반적인 세례명으로 잘 쓰이지 않는 이름들도 많다. 수도회에는 때로 수백 명씩 입회하기도 하는데, 이럴 경우 자칫 동명이인이 생겨날 수 있기 때문에 세례명 외에 새로 수도명을 택하면서 '겹치기'를 막는 것이다.

불교엔 법명이 있다. 출가자 혹은 재가자로서 계를 지키겠다고 다짐한 불자에게 주어지는 이름이다. 천주교 세례명은 당사자가 직접 고른다면, 불교 법명은 스님이 골라준다. 법명으로는 우리나라와 중국 고승들의 이름을 쓰기도 하고 '암庵' '법法' 등 자주 쓰이는 글자도 있다. 이른바 '돌림자'도 있다. 근대 한국 불교 중흥조인 경허 스님1846~1912은 제자들의 법명에 '월月'자를 넣어 줬다. '수월水月', '혜월慧月' 그리고 '월면月面' 등이다. 흔히 '만공'으로 알려진 수덕사 큰스님의 법명이 '월면'이다. 여기서 '만공'은 법호法號.

성철 스님은 제자들에게 '둥글 원圓'자를 돌림자로 줬다. 성철 스님을 스승처럼 형님처럼 모셨던 전 조계종 종정 법전 스님도 자신의 상좌들에게 '원圓'을 돌림자로 줬다. 한 집안임을 이름으로 보여준 셈이다.

그런데 어느 시점부터 상좌가 아니어도 성철 스님에게 법명을 받고 싶어 하는 경우가 늘어났나 보다. 충남 공주 한국문화연수원장인 비구니 구과 스님이 들려준 이야기.

"석남사로 출가해 수행하다 법명을 받게 될 무렵, 은사 스님은 저희를 데리고 해인사 백련암으로 갔지요. 삼천 배를 올리고 성철 스님을 뵀더니, '자, 하나씩 가져라' 하시며 법명을 적은 종이를 나눠 주셨어요. 저는 그때 '구과'가 됐지요."

일견 무성의(?)해 보이기도 한다. 하지만 해인사 승가대학장이자 법전 스님의 상좌인 원철 스님은 "만년의 성철 스님은 같은 때에 계를 받는 스님들은 같은 업業으로 보고 그에 걸맞은 법명을 지어 주셨을 것"이라고 풀이했다.

스스로 택한 세례명이든, 법 높은 스님이 지어 준 법명이든 신앙을 갖게 되면서 새롭게 살겠다는 다짐을 담은 이름이다. 세례명이든 법명이든 하루에 한 번만 스스로 불러 본다면 우리 사는 세상이 참 밝아질 것 같다. 선행에는 적극적으로 나서고, 옳지 않은 일에는 물러설 테니 말이다. 책임져야 할 이름은 비단 주민등록증에 오른 이름만이 아닌 것이다.

한 불교 간담회 자리였다. 한참 이야기가 무르익어가던 즈음 어디선가 "음메~음메~" 하는 소리가 들렸다. 다들 웬 소 울음소리냐는 표정으로 주위를 둘러보고 있는데 간담회를 주최한 스님이 황급히 주머니를 뒤졌다. 소 울음소리의 주인공은 스님의 휴대전화였던 것. 폭소와 함께 간담회가 더욱 화기애애해졌던 기억이 있다.

불과 10여 년 전 풍경이지만 휴대전화가 본격적으로 보급되던 2000년대 초반, 벨소리와 통화연결음이 유행 타던 시절이 있었다. "따르릉~" 같은 보통 전화벨 소리도 있었지만 소 울음소리를 비롯해 "전화 받아라!"처럼 반말로 고함치는 차별화된 벨소리까지 유행했다. 가끔은 상가喪家에서 "와 이래 좋노~" 같은 민요가 울려 퍼져 문상객이 식겁하는 사태가 벌어지기도 했다. 스님들의 통화 연결음 가운데는 단연 "마하반야바라밀다심경~"으로 시작하는 반야심경이 많았다.

당시 개신교계의 통화연결음 베스트셀러는 단연 〈당신은 사랑 받기 위해 태어난 사람(이민섭 작사 · 작곡)〉이었다. 개신교인들 사이에서 급속히 확산된 이 멜로디는 2002년 처음 서비스된 이후 2004년 초까지 다운로드 횟수가 무려 18만 회에 이르렀다. 당시 인기 가요가 대부분 10만 회 내외였던 점을 감안하면 엄청난 인기곡이었던 셈.

당시 통화연결음으로 이 곡을 이용했던 어느 전도사는 "전화를 받기 전까지 잠시라도 축복하는 내용의 가사와 노래를 들었으면 하는 마음으로 이 곡을 골랐다"라고 했고, 당시 통화연결음 제공업체는 이 곡의 인기에 힘입어 '크리스천 통화연결음'이라는 카테고리를 따로 만들 정도였다.

생각해 보면 바다 한가운데서 "짜장면 시키신 분~!"이라고 외치던 CF가 유행어처럼 번지던 시절의 풍경들이다. 요즘은 점잖게 폴더를 열고 전화를 받는 어르신을 보면 왠지 푸근한 느낌이들 정도. 종교인들의 휴대전화도 이젠 스마트폰이 대세다. 통화 연결음 역시 옛날처럼 자신이 직접 고르고 다운받아 수시로 바꾸지 않는 추세다. 전화벨소리도 평소에는 진동으로 해놓아 종교인들과의 만남 자리에도 여기저기서 "웅~웅~" 하는 진동만 요란할 때가 많다.

그런 점에서 10년이 넘도록 〈첨밀밀〉이 통화연결음으로 흘러나오는 한 스님의 휴대전화는 문화재급이다. 가끔 그 스님께 전화 드렸다가 금세 전화를 받아버리시면 섭섭한 느낌마저 드는건 왜일까.

기도하고
노동하라

스페인 아빌라의 엔카르나시온수도원. 봉쇄수도원으로 유명한
'맨발의 가르멜 수도회'를 창립한 아빌라의 성녀 대大 데레사가
설립한 수도원이다. 박물관으로 공개되는 옛 수도원 건물엔 모
든 '구멍'이 봉쇄돼 있어 고백성사도 쇠창살을 사이에 두고 하도
록 돼 있다. 이 수도원 2층엔 특별한 유물이 전시되고 있다. 주
교와 사제들이 입는 예복들이다. 봉쇄 속에서 하느님만 바라보
며 기도하는 생활이지만 그 가운데 노동은 기본이었음을 보여
주는 유물이다.

이렇듯 천주교 수도회는 기도하는 생활 가운데 특별한 노동을

한다. 서울 강북구 '스승예수의제자수녀회'는 옷 만드는 것으로 유명하다. 김수환·정진석·염수정 추기경 등 세 추기경은 물론 주교나 사제들의 예복을 한 땀 한 땀 손으로 만들어 왔다. 지난해 광화문 광장의 124위 시복식 때 프란치스코 교황이 입은 제의祭衣도 이곳 수녀들이 만들었다.

이들은 새벽 5시 기상해 밤 10시 잠자리에 들 때까지 하루 8차례의 기도 시간 외에는 사각사각 소리만 내면서 옷을 짓는다. 곳곳에 붙은 표어는 '침묵·단순·민첩'. 손바느질이 사라지는 시대, 수녀들 역시 입회 전에는 바느질해 보지 않은 경우도 많지만 한 해 300여 사제의 옷을 만든다. 수녀들은 "성모님의 마음으로 사제들의 옷을 짓는다"고 말한다.

스승예수의제자수녀회는 이탈리아의 복자福者 가톨릭에서 공경할 만한 신자에게 붙이는 존칭 야고보 알베리오네1884~1971 신부가 1924년 설립해 1965년 한국에 진출했다. 역시 알베리오네 신부가 창설한 수도회 중 성바오로수도회와 성바오로딸수도회는 매스미디어 '전공'이다. 출판을 기본으로 비디오, CD, 팟캐스트 등 미디어 전문가들이다. 알베리오네 신부는 이 수도회들을 설립하면서 바오로 사도가 문서(편지)를 통해 선교했듯이 첨단 미디어를 통해 복음을 전하고자 했다.

경북 왜관 베네딕도수도원은 목공, 스테인드글라스, 출판 등이 특기. 특히 목공에 관해서는 국내 최고 품질을 자랑한다. 이곳 창고엔 거대한 목재소를 방불케 할 정도로 목재가 산더미처럼 쌓여 있다. 베네딕도회가 만든 목공예품은 튼튼하기로 이름 높다. 제대祭臺와 독서대, 감실대, 장의자 등을 만들어 전국 성당에 납품한다. 서울 명동성당의 주교좌 윗부분 강론대 등이 베네딕도회의 작품. 지난 2011년, 50주년 금경축을 맞은 이규단 수사는 군 생활과 재정 담당으로 헌신한 12년을 제외하곤 오로지 목공예에만 전념한 장인匠人으로 칭송될 정도다.

미국엔 '애견 양육 전문' 수도원도 있다. 뉴욕주 북부의 프란치스코회 소속 뉴스킷 수도원이다. 1966년 설립된 이곳은 농사지으며 자급자족하다가 독일산 셰퍼드를 전문으로 키우는 프로그램을 만들었다. 40년 넘게 개 키우는 프로그램을 운영하다 보니 "그(개)들은 각각 모두 고유한, 이 세상에 단 하나뿐인 존재이다"라고까지 말한다. 국내에 번역된 《뉴스킷 수도원의 강아지들(The Art of Raising a Puppy)》이란 책까지 펴낸 수도사들은 개를 키우며 느끼는 기쁨과 영성이 어떤 것인지를 잘 보여 준다. '기도하고 일하라'는 베네딕도 성인의 정신은 사실 수도자들뿐 아니라 모든 인간에게 필요한 정신이 아닐까.

열반송,
평생의 깨달음을 담다

내가 처음 종교 분야 취재를 맡았던 2003년 겨울은 '열반의 겨울'로 불렸다. 조계종 종정을 지낸 서암·월하·서옹 스님과 청화·지안·정일 스님, 총무원장을 지낸 정대 스님 등 큰스님들이 잇달아 입적했기 때문이다. 하도 여러 분이 일주일이 멀다하고 돌아가시니 나중엔 조계종 총무원 홍보 담당자와 선배 종교기자들에게 물어본 적도 있다.

"다음(?)엔 어느 분일까요?"

"서옹 스님이 많이 편찮으시다던데."

책과 자료, 인터넷을 뒤져 서옹 스님 부음기사를 미리 준비했다. 그랬더니 과연(?) 서옹 스님이 돌아가셨다. 그것도 좌탈입망座脫入亡, 즉 앉은 자세 그대로 돌아가셨다. 좌탈입망한 스님의 사진이 남은 것은 한국전쟁 직후 오대산 상원사를 지키다 돌아가신 한암 스님 이후 처음이었다.

어쨌든 당시는 20세기 후반 한국 불교사의 한 장이 넘어가는 순간이었다. 신문엔 연일 "스님, 불 들어가요~."로 시작하는 스님들의 다비식 기사가 실렸다. 지금 와서 돌아보니 조선 말 혹은 일제강점기 초반에 태어나 광복을 전후해 우리 불교에 물든 일본색을 털어내고 전통을 되살리기 위해 애썼던 거목들이 사라져 가는, 매우 중요한 시기였다.

워낙 큰스님들이 잇따라 돌아가신지라 그분들의 열반송만 모아서 별도의 기사를 썼는데 여기서 사달이 났다. 하도 여러 분이 돌아가신지라 기사를 써놓고 앞뒤를 바꾸고 늘였다 줄였다 하다가 그만 정대 스님의 열반송에 엉뚱하게도 당시 총무원장이던 법장 스님의 법명을 넣는 실수를 한 것.

신문이 나온 날 아침, "법장 스님은 살아계시는 걸로 아는데요"라는 점잖은 중년 남성의 전화를 받고서야 실수를 깨달았다. 하늘이 노랬다. 바로 스님께 달려갔다. 그 순간까지 나는 아직 법장 스님과 일면식이 없던 상태였다. 여러 번 뵙겠다고 했으나

117

워낙 바쁜 분이라 뵙지 못했던 것. 얼굴이 노랗게 된 내가 당도하니 넉넉한 풍채의 법장 스님은 그 풍채만큼이나 넉넉하게 너털웃음을 지었다. "내가 이렇게 멀쩡히 살아있는데 사람들이 오해하겠어요? 괜찮아요"라며 넘겨주셨다. 주변에선 부음 오보를 당한 사람은 오히려 더 오래 산다며 위로해 주기도 했다.

열반송(혹은 임종게)은 스님들이 이 세상에 남기는 마지막 한마디다. 오직 깨달음을 얻겠다며 부모 형제 버리고 출가한 이들이 평생에 걸쳐 닦은 자신의 사상과 철학을 담은 한 마디. 절집 용어로 '살림살이'를 정리한 것이다. 열반송은 보통 4행짜리 한시 형식으로 짓는다. 숨이 넘어가는 순간에 한시를 짓는다? 궁금증이 생길 만하다. 그러나 열반송이라 해서 진짜 입적 순간에 짓는 것은 아니다. 스승의 연세가 높아지거나 병세가 깊어지면 제자들이 '말씀'을 여쭙는다. 그렇게 직접 글로 받기도 하고 구술을 받아 적기도 한다.

그러다 보니 병세가 호전과 악화를 거듭하는 경우엔 열반송이 여러 차례 '업데이트'되기도 한다. "일생 동안 남녀의 무리를 속여서/하늘을 넘치는 죄업은 수미산을 지나친다"는 성철 스님의 열반송, "달리 할 말이 없다. 정 누가 물으면 그 노장 그렇게 살다가 그렇게 갔다고 해라"는 서암 스님의 열반송은 그런 과정을 거쳐 세상에 알려졌다.

그런데 부음 오보 당한 사람은 장수한다는 기자 사회의 통설이 어긋났다. 법장 스님이 2005년 9월 갑자기 입적한 것이다. 심혈관 확장 수술을 받은 후 쇼크가 왔던 것이었다. 이것도 운명일까. 스님은 굳이 수술을 원치 않았다. 풍채가 좋고 약간 비만으로 보일 정도이기는 했으나 워낙 건강 체질이었기 때문이다.

스님과의 첫 만남 당시 악수를 나누던 나는 오랜만에 굴욕감을 느꼈다. '두꺼비 손'이라는 소리 깨나 들어온 내 손이 법장 스님 손에 쏘옥 들어갔기 때문이었다. 그랬던 스님이 수술을 받은건 당시 '불자佛子 과학자'로 명성이 하늘을 찌르던 황우석 박사때문이다. 황 박사는 수술을 망설이는 스님에게 "줄기세포도 있으니 걱정 말고 하시라"고 권했다고 한다. 수술도 잘 됐다. 그래서 스님은 병원 계단을 오르락내리락하면서 좋아했다고 한다. 그런데 급서한 것이다.

워낙 창졸간에 당한 일이라 제대로 준비된 열반송이 있을 리없었다. 하지만 법장 스님은 웬만한 한시보다 더 크고 쉬운 열반송을 남겼다. 자신이 설립한 생명나눔실천본부에 시신 기증을서약해 뒀던 것. 그의 뼈는 의대생들의 연구용으로 기증됐다. 그생명나눔실천본부가 2014년 11월로 창립 20주년을 맞았다. 법장 스님의 열반송은 지금도 2절, 3절로, 아니 끝나지 않는 '네버 엔딩 스토리'로 이어지는 중이다.

믿으세요?

"거기 제 자리인데요", "예배가 이미 시작됐어요", "배우자분과 같이 오셨나요?", "우리 교회에서는 그렇게 하지 않아요", "우리 교회 성도처럼 보이지 않으시네요", "이 아이들이 자제분들인가요?", "이분을 지나서 저기 저 자리에 앉으세요", "가족이 다 함께 앉으실 수 있는 자리가 없어요", "다른 교회 방문하려고 하셨던 적 있으세요?", "유아방이 꽉 찼어요"

얼마 전 인터넷에는 〈새신자가 다시 교회 안 나오게 하는 10가지 말실수〉라는 제목의 글이 돌았다. 종교 담당 기자이지만 딱히 믿는 종교가 없는 나는 이 글을 읽으며 공감 가는 부분이 꽤 있었다. 사실 각 종교의 예식을 취재할 때면 따가운 시선이 느껴지곤 한다. 물론 서당개 10년이라고 나도 열심히 흉내는 낸다. 앉았다가 일어나는 순서가 많은 천주교 미사의 경우도 이젠 대략 따라하는 수준은 됐고, 개신교 예배도 그렇다. "마하반야바라밀다심경 관자재보살~"로 시작해 "아제 아제 바라아제 바라승아제 모지 사바하~"로 끝나는 반야심경을 비롯해 삼귀의, 사홍서원도 곧잘 외운다.

하지만 역시 '흉내'는 '흉내'일 뿐인가 보다. '전문가'들의 매의 눈은 사정없다. 한눈에 척 알아본다. 그런데 그렇게 적발(?)된 후의 반응은 조금씩 온도가 다르다. 먼저 천주교.

"교우教友세요?"

교우가 아닌 것 같다는 말을 에둘러 표현하는 방식이다. 물론 가만 보면 들킬 법도 하다. 영성체 즉 밀떡을 모시는 예식에 나는 참가하지 못하기 때문이다.

개신교는 보다 직설적이다. 교회 예배에서 앉아 있다 보면 이내 이런 말을 듣게 된다.

"믿으세요?"

'예수님'이란 목적어가 생략된 의문문이다. 처음 이 "믿으세요?"라는 질문을 받았을 땐 무척 당황스러웠다. 왠지 내가 이질적인 존재가 된 것 같은 느낌, 예배의 균질성과 평화를 방해하는 존재가 된 것 같은 느낌이었다. 앞에 적은 〈새신자가 다시 교회 안 나오게 하는 10가지 말실수〉와 비슷한 느낌이랄까. 돌려서 표현하건 직접적으로 표현하건 당하는 입장에서 무안하기는 마찬가지다. 새 신자에 대해 가장 '쿨'한 반응은 불교에서 느낄 수 있다. 그 누구도 "이 절 신자세요?" 혹은 "불자세요?"라고 묻지 않았다.

기사가 게재됐을 때 신자들의 반응도 종교마다 다르다. 개신교는 개별 교회 위주라서 자신들이 출석하는 교회가 아닐 경우 별 반응이 없다. 불교 역시 마찬가지다. 자신이 다니는 성당 기사가 아닌 경우에도 반응을 보이는 것은 역시 천주교다. 그런데 주로 '용어 오류'에 대한 지적이다. 그것도 "우리 천주교에 대해 관심을 가져 주셔서 대단히 감사합니다~만"으로 시작하는 지적 말이다. 이런 내 경험을 들은 다른 신문사 종교 담당 기자의 말.

"그래도 그건 국내에서 지적 받은 거지. 난 뉴질랜드랑 캐나다 교포에게도 지적 받았다구~!"

천주교 신자들의 열정(?)은 이처럼 종교 담당 기자들 사이에서 이름 높다.

출제자의 의도를
생각해야 합니다

2014년, 프란치스코 교황은 서울에 도착하자마자 교황대사관 내의 작은 경당을 찾아 기도로 한국에서의 첫 일정을 시작했다. 이어 '삼종기도', '묵주기도', '화살기도' 같은 일반인들로서는 잘 모르는 기도 명칭들이 쏟아지면서, 이는 천주교에서 하는 기도에 대한 관심으로 이어졌다.

기도, 알고 보면 쉽지 않다. 천주교의 경우 형식에 따라 생각과 감정을 말로 소리 내어 하는 것은 '염경念經기도'라 부르고, 겉으로 말하지 않고 속으로만 드리는 것은 '묵상默想기도', 말이나 생각 없이 그저 하느님을 바라보며 하는 기도는 '관상觀想기도'라 부른다.

내용으로 들어가면 더 복잡하다. 대표적인 것이 묵주를 가지고 예수 그리스도의 삶과 성모 마리아를 묵상하면서 드리는 묵주기도. 대개 예수님의 강생과 고통 그리고 영광을 묵상하면서 드리는 것으로 천주교 신자들의 대표적인 기도 중 하나다.

삼종기도는 하루에 종을 세 번 치는 시간에 맞춰 하는 것. 오전 6시, 정오 그리고 오후 6시가 되면 성당에선 종이 울리는데 이때 올리는 기도다. 추수가 끝난 들판에서 노을이 물든 가운데 부부가 양손을 가슴에 모으고 고개 숙여 기도하는 모습을 그린 프랑스 화가 밀레의 〈만종〉이 바로 이 삼종기도 장면을 묘사한 작품이다. 그밖에 절대자 하느님을 찬미하는 '흠숭기도', 마음이 가난하거나 슬픔에 빠졌거나 의로워서 박해받는 타인들을 위해 하는 '축복기도'도 있다.

한편 속도를 따지는(?) 기도의 이름도 있다. 급할 때 짧게 올리는 기도를 의미하는 '화살기도'다. "제 주인 아브라함의 하느님이신 주님, 오늘 일이 잘 되게 해주십시오"라고 비는 '아브라함의 종의 기도'처럼 '지금 이 순간'과 '저희'를 강조한다. 천주교라면 사람들이 흔히 생각하는 거룩함 혹은 엄숙함을 쉽게 풀어 설명하는 것으로 유명한 차동엽 신부가 지은 기도 이름 중엔 '생떼

기도'도 있다. 하느님께 떼쓰듯 하는 기도라는 것.

예수님이 가르쳐 주신 기도도 있다. 바로 '주님의 기도'. '하늘에 계신 우리 아버지, 아버지의 이름이 거룩히 빛나시며'로 시작해 '나라와 권세와 영광이 아버지께 있나이다 아멘'으로 끝나는 '유명한' 기도다. 기도하는 법을 가르쳐 달라고 청하는 제자들에게 예수가 직접 가르쳐 준 기도 중의 기도이기도 하다.

명칭과 형식이야 어떻든 기도는 인간의 간절한 마음을 절대자에게 전하는 방법이다. 요한 바오로2세 교황은 항상 병자들에게 기도를 부탁하곤 했다. 병에서 벗어나고픈 병자들의 간절함만큼 하느님 마음을 움직일 수 있는 것은 없다고 본 것일까. 지금의 프란치스코 교황도 선출된 후 일성이 자신을 위해 기도해 달라는 것이었다. 차동엽 신부는 교황의 이런 기도 요청에 '기도동냥'(?)이란 유머러스한 이름을 붙이기도 했다.

그런데 취재를 하고 종교서적을 읽으면 읽을수록 고개를 갸우뚱하게 만드는 게 있었다. "내가 바라는 것을 기도하지 말고 하느님(하나님)이 원하시는 것을 기도해야 들어주신다"라는 말이었다. 기도라는 것이 도저히 인간의 능력으로 안 되는 무언가를 절대자에게 비는 것이 아닌가? 그런데 내가 원하는 것을 기도하지 말라니?

한동안 이 문제는 풀리지 않는 의문이었다. 그러다 어느 순간 내 나름대로 해답을 찾았다. 바로 '출제자의 의도(!)'. 왜, 입시 전문가들이 늘 강조하는 그 '출제자의 의도' 말이다. 내가 맞다고 생각하는 것이 아니라 출제자의 의도를 살펴야 한다는 것이다. 내가 바라는 것은 A일지라도, 절대자가 원하는 것이 B라면 아무리 A를 빌어도 들어줄 리가 없지 않은가. 그럼 절대자가 원하는 것을 찾아내야 하는 것이 신앙인들에게 떨어진 숙제. 그리고 보니 일단 자신의 복을 비는 것은 정답이 아닌 것 같다.

방장이
뭐길래

새파란 젊은 스님이 내민 명함에는 '방장方丈'이라 적혀 있었다. 지난 2007년 중국 선종 사찰 순례 도중 한 사찰에 들렀을 때 일이다. 그 명함 앞뒤론 빽빽하게 20여 개의 직함이 적혀 있었다. 우리로 치면 주지 스님이었던 그는 거의 공산당 간부 혹은 사업가 수준이었다.

우리 불교에서 방장은 매우 높은 어른이다. 선원禪院, 강원講院, 율원律院 등을 두루 갖춘 종합수도원인 총림의 최고 어른을 가리킨다. 고려대장경연구소가 펴낸《불교용어사전》은 방장에 대해 "사방으로 1장, 즉 가로세로 약 3m 넓이의 방. 선종의 사원에서 장로나 주지의 거처. 선종 사원의 주지. 유마 거사가 거처하는 방이 사방으로 1장이었다는 고사에서 유래한 말"이라 설명하고 있다. 원래는 방이나 건물을 가리키는 용어가 직함처럼 쓰인다는 얘기다.

절집엔 이런 용어가 많다. '동당東堂', '서당西堂'도 원래는 건물 이름이었지만 지금은 사찰의 어른들을 가리키는 뜻으로 쓰인다. 총림이 아닌 사찰의 최고 어른을 가리키는 '조실祖室'도 마찬가지. 지명이 이름처럼 쓰이기도 한다. "뜰 앞의 잣나무", "차나마시고 가라" 등 선문답으로 유명한 조주 스님, "소가 되어 오겠다. 내게 오려거든 여물이나 가져와라" 하고 입적한 남전 스님, "날마다 좋은 날"이라는 말씀을 하신 운문 스님 등은 살았던 산이나 지명이 이름 법명이 된 경우다. 휴정 스님도 묘향산의 다른 이름인 서산의 보현사에 머물렀다는 뜻에서 서산 대사로 더 잘 알려졌다.

근대 이후 한국 불교에 방장이 등장한 것은 1967년. 해인사가 조계종 첫 총림으로 지정되면서부터다. 해인총림의 초대 방장은 성철 스님이었다. 이후 해인사는 지금까지 구성원들이 추대하는 방식으로 방장을 모셔 왔다. 그랬던 해인사가 지난해 법전 스님의 입적 후 비어 있는 방장 자리를 놓고 소란스럽다가 결국 선거로 방장을 뽑게 됐다. '선거 없는 추대'라는 해인사의 자랑스런 전통 한 가지가 없어진 셈이다. 전통이란 세우고 지키기도 어렵지만 한 번 없어지면 다시 세우기는 더욱 어렵다.

이 사건을 보면서 '방장'이란 이름의 유래가 된 유마 거사의 삶을 되돌아보게 된다. '거사居士'라는 호칭에서 보듯 그는 머리 깎은 승려가 아니라 재가신자였다. 그럼에도 그가 지은 《유마경》은 승만부인의 《승만경》과 함께 부처님의 직접 설법이 아님에도 경전으로 인정받고 있다. 그가 남긴 말이 저 유명한 "중생이 아프니 나도 아프다"이다. 그런 정신으로 수행했기에 그가 거처한 방까지도 '방장'이란 상징적 공간이 된 것이다.

그 정신을 되새긴다면 출가수행자가 경쟁해야 할 것은 '중생의 아픔을 얼마나 공감하느냐'이지 절집 안의 직함은 아닐 것이다. 절집에는 '중 벼슬 닭 벼슬보다 못하다'는 속담도 있지 않은가.

300년째
밀당 중입니다

"친애하는 시진핑 주석과 중국 국민의 축복을 바라며, 중국에도 평화와 행복의 은총이 있기를 기원합니다."

지난 8월 14일 방한한 프란치스코 교황은 전세기가 중국 영공을 통과할 때 이런 메시지를 보냈다. 비행 중 통과하는 국가에 축복을 담은 메시지를 보내는 것은 역대 교황들도 해온 관행. 하지만 이날 프란치스코 교황의 메시지는 특별했다. 역대 교황을 통틀어 중화인민공화국 영공을 통과하며 교황이 보낸 첫 메시지였기 때문. 교황청은 1949년 중국 건국 이래 중국과 국교가 없다. 이 때문에 외신들은 프란치스코 교황의 메시지를 놓고 바티칸과 중국의 관계 개선 신호인지 촉각을 곤두세우기도 했다.

종교를 부정하는 공산주의 체제는 바티칸과 중국의 외교 관계에 있어 가장 큰 걸림돌이다. 하지만 그것만으로 설명이 부족하다. 보다 자세한 배경을 알기 위해 시계를 약 10년 전으로 돌려보자. 지난 2005년 요한 바오로 2세 교황 선종 당시, 중국은 외교부 대변인을 통해 이렇게 말했다.

"바티칸이 대만과 단교하고 종교를 내세워 중국의 내부 문제에 개입하지 않는다면 언제든지 수교할 준비가 돼 있다."

대만과의 단교 그리고 내정 불간섭, 이렇게 두 가지 조건을 못 박은 것이다. 그런데 이런 장면은 낯설지 않다. 청나라 강희제의 재위 중에도 교황 특사가 찾아온 적이 있었다. 파견 목적은 각 수도회별로 중국에 파견된 천주교 선교사들을 총괄하고 통제할 '감독자'를 파견할 터이니 받아달라는 것이었다. 조너선 스펜스의 책 《강희제》에 따르면 강희제의 대답은 이랬다.

"감독자로는 중국에 10년 이상 거주한 자로서 내가 보기에 중국인의 생활과 언어, 풍습을 익히 아는 자가 임명되어야 한다."

여기서 중요한 부분은 '내가 보기에'이다. 교황이 감독자를 임명해서 보내겠다는데, 강희제는 자신이 직접 임명하겠다고 응수한 것. 여기에 클레멘스 11세 교황의 '교령 사건'까지 겹쳤다.

이것은 교황이 중국인 신자들에게 제사를 지내지 말라고 명령한 것으로 중국 사정을 전혀 모르고 한 조치였다. 격분한 강희제는 명나라 말기부터 마테오 리치 등이 다져 온 천주교 선교 기반을 통째로 흔들어 버렸다. 앞으로 서양 사람들은 죽을 때까지 중국에 살 사람에게만 체류를 허가하겠다고 못을 박은 것. 한마디로 내 신하가 되려면 오고, 저 멀리 로마에 있는 교황의 지시를 받으려는 자는 얼씬도 말라는 말이다. 심지어 그런 사람들을 가리켜 "문밖에서 얼쩡대며 집안에 있는 사람들에게 왈가왈부하는 자와 같다"라고도 했다.

이처럼 바티칸에 대한 중국의 태도는 뿌리 깊은 중화사상과도 관련 있다. 중국 불교계는 신라의 혜초 스님을 비롯해 김교각 스님 등도 모두 중국 불교사에 넣어 다루고 있는데 이는 동북공정 등으로도 이어지고 있다. 강희제 이후 300년의 시간을 건넜어도 내정 불간섭 요구는 변함이 없다. 중국이 교황청과 상의도 없이 자국 내에 관립교회 격인 '애국교회'를 만들고 정부 차원에서 주교를 임명하는 것도 '문밖에서 얼쩡대며 왈가왈부하지 말라'는 강희제의 연장선 위에 있는 셈이다.

스님은
국수를
좋아해

매년 음력 정월 26일 법정 스님의 추모법회 때에는 일반적인 다례제나 추모법회와는 다른 특별한 음식이 오른다. '간장 국수', 다시마와 버섯으로 연하게 국물을 내고 간장으로 간을 맞춘 지극히 간단한 음식이다. 법정 스님이 송광사 불일암에 머물던 시절부터 즐겼던 음식으로, 갑자기 들이닥친 손님들에게도 내주곤 했던 게 이 간장 국수다. 법정 스님의 담백한 삶을 응축적으로 보여 주는 음식이기도 하다. 매년 스님의 추모법회에 오르는 것도 이런 상징적 의미가 더해져서다.

　법정 스님뿐 아니라 스님들의 국수 사랑은 유별나다. 노스님들은 몸이 편찮을 때 제자들이 "스님, 죽 끓여 왔습니다" 하면 "됐다, 생각 없다" 하시다가도 "스님, 국수 삶아 왔습니다" 하면 "그래?" 하며 일어나신다고 한다. 오죽하면 '국수와 고수˚를 싫어하는 스님은 좀 이상한 사람'이란 말까지 나올 정도다.

스님들은 왜 국수를 좋아할까? 불교계에선 과거 어렵던 시절, 절에서 맛볼 수 있는 거의 유일한 별미였기 때문이라고 말한다. 지금이야 사찰 음식이 웰빙 음식으로 각광받고 있지만 불과 수십 년 전만 해도 절에선 직접 기른 채소와 밥 외에는 이렇다 할 먹을거리가 없었다. 오죽하면 수챗구멍에 빠진 콩나물이나 쌀을 본 노스님들이 이를 주워 와서 시주 무서운 줄 모른다고 불호령을 내렸다는 전설이 각 사찰마다 전해 내려올까.

당시엔 의식주 전체가 최소한이었다. 대강백˚˚으로 꼽히는 무비 스님은 "우리가 옛날에 수행할 때에는 이불도 없어서 좌선할 때 깔고 앉았던 좌복을 배에 얹고 맨바닥에서 그냥 잤다"라고 회고할 정도다. 노스님들이 죽을 싫어하는 것도 양식이 부족하던 시절, 쌀을 아끼기 위해 하도 자주 먹었기 때문이다. 그런 생활 속에서 가끔씩 먹는 국수는 단순한 음식을 넘어 생활의 활력소 역할을 했던 것.

최근 원로 스님을 모시고 여행을 다녀온 한 스님은, 여행 중

10인분 국수가 나왔는데 노스님께서 '어디 한번 먹어볼까' 하시더니 혼자서 거의 다 드시는 것을 봤다고 했다. 이렇게 스님들이 국수를 좋아하다 보니 절집에서 국수의 별명은 '승소僧笑'다. 국수 생각만 해도 슬며시 웃음이 나온다는 뜻이다. 그래서인가. 지난 2011년 조계사 경내에 문을 연 국숫집은 아예 옥호屋號 자체가 '승소'다.

※ 고수 : 빈대 냄새 비슷한 향이 나는 채소
※※ 대강백 : 학문에 뛰어난 스님을 가리키는 말

괜히 드리는 게
아닙니다

2006월 11월, 여의도순복음교회는 조용기 목사의 후임 담임목사로 이영훈 당시 나성순복음교회 목사를 선출했다. 여의도순복음교회는 재적교인 75만 명의 세계 최대 교회였다. 당회 역시 재적 인원이 1,219명에 이르렀으니 당연히 후임 담임목사를 뽑기 위한 투표도 보통 규모가 아니었다. 당시 재적 당회원 가운데 933명이 투표에 참여했다. 특별 임시 당회장은 460여석. 자리잡지 못한 당회원 장로들은 통로와 회의실 밖에서 선 채로 투표에 참여했다.

그런데 당시 취재하던 내 눈에 특이한 점이 있었다. 장로들이 모두 왼쪽 가슴에 숫자가 적힌 이름표를 달고 있었던 것. 교회 관계자에게 물었더니 "장로 몇 기인지 표시한 것"이라고 했다. 그때서야 여의도순복음교회는 장로만 1,500명이라던 말이 머릿속에 떠올랐다. 당시 여의도순복음교회는 시험을 쳐서 장로를 선발했고, 대예배 때는 예배당의 가운데 자리에 장로들이 기수별로 앉았다고 한다. 당연히 부부가 함께 예배에 출석해도 따로 앉았던 것. 장로 자격은 갖췄지만 시험에 여러 차례 낙방한 사람은 "장로 되는 데도 믿음 말고 가방끈 길어야 하냐"라며 답답해했다는 말이 돌았다.

개신교 교회에서 장로長老는 당회장(대부분 담임목사)과 함께 당회를 구성하며 교회의 중요한 일을 결정하는 역할을 한다. 이는 종교개혁 이후 장로교회에서 사제보다는 평신도의 역할을 강조하면서 두드러지게 됐다. 대부분 교인들의 선거를 통해 선출된다.

개신교에서는 장로 외에도 권사勸士와 집사執事란 직분이 있다. 권사의 역할 역시 사전적으로는 '교역자를 도와 교우를 권면하고 돌보며 위로하는 교직'이라고 돼 있다. 국내의 경우 장로교는 여성에게만 권사직을 주고, 감리교와 성결교는 남녀 교인 모두 권사에 임명한다. 평신도로 일정 기간 꾸준히 교회에 출석하고 봉사해 온 사람은 집사에 임명된다. 집사는 종신직인 안수 집사와 1년직인 서리 집사로 구분된다.

기본적으로 교회 내에서의 직분은 교회와 교인들에게 얼마나 모범적인 신앙생활을 하며 봉사할 준비가 돼 있느냐가 자격을 가늠하는 기준이 된다. 지난 2007년 이명박 대통령이 당선될 때 그가 출석하던 소망교회에서 여러 해 동안 주차 봉사 등을 한 후에야 장로가 될 수 있었다는 점이 화제가 된 것 역시 교회 직분이 '봉사의 자리'임을 보여 주는 예다.

이냐시오의 굴,
달마의 굴

스페인 동북부 만레사의 작은 석굴. 예수회를 창립한 이냐시오 성인이 수도했던 동굴이다. 스페인 북서부 로욜라의 영주 가문에서 태어난 그는 한때 영웅 기사騎士를 꿈꿨던 인물. 그러나 전투에서 두 다리의 관통상을 입어 기사의 꿈을 접고 순례하다가 바르셀로나 인근 몬세라트산의 성모상 앞에 검과 기사복을 봉헌한 뒤, 순례자의 지팡이와 누더기를 걸치고 이 굴로 찾아들었다. 몬세라트산엔 베네딕토 수도원이 있었고, 합죽선처럼 주름진 산골짜기와 봉우리마다 은수자隱修者들이 넘쳐나고 있었다.

　그러나 이냐시오 성인은 기존의 수도 방식을 택하는 대신 만레사 동굴을 찾았다. 지금은 동굴 위에 성당이 지어져 있다. 성당 밖으로 나가 풍경을 보니 맞은편으론 15km 전방에 그가 떠나온 몬세라트산이 구름 위로 솟아 있다. 오른편으론 강 건너 대성당이 불과 500m쯤 떨어진 곳에 있다. 속세와 멀지도 가깝지도 않은 거리. 이냐시오 성인에게 고행과 영성 수련은 결국 속세로 돌아오기 위한 것이었는지 모른다.

그 풍경을 보면서 문득 2007년 방문한 중국 소림사 뒷산의 달마 석굴이 떠올랐다. 소림사 뒤의 바위 절벽을 계단을 타고 40~50분쯤 올라가면 나타나는 석굴. 달마 대사가 9년을 면벽하며 교종教宗이 만연한 중국 대륙에 선禪의 뿌리가 내릴 시간을 기다렸던 곳이다.

그의 석굴 역시 당시에도 큰 사찰이었던 소림사와 멀지도 가깝지도 않았다. 식량을 가져다 줄 사람도, '인도에서 온 희한한 외모의 수도승이 저 위의 바위굴에 있다'라는 소문을 낼 사람에게도 가깝지도 멀지도 않은 거리였을 게다. 결국 그 소문에 이끌려 중국 선불교의 2대 조사인 혜가가 달마굴을 찾아갔을 것이다. 그리고 거기서 "마음이 불안하다"라며 호소하고, "그 불안한 마음을 가져오면 없애주겠다"라는 '안심安心법문'으로 인도에서 건너온 선의 등불은 비로소 중국 땅을 밝히기 시작했다.

이냐시오 성인과 달마 대사는 새 종교를 창시하지 않았다. 둘의 공통점은 기존의 종교가 정체에 빠져 있을 때 새 바람을 불어넣어 일신했다는 점이다. 이냐시오 성인은 가톨릭이 모순으로 인해 종교개혁이라는 거친 태풍을 맞고 있을 때 내적 쇄신을 이뤘으며, 달마 대사는 중국에서 불교가 교종을 중심으로 경전에 머물러 있을 때 선풍禪風을 진작시켰다. 그리고 두 사람 모두 지금까지도 세계 종교계에 그 영향을 미치고 있다는 점이 공통적이다. 동굴의 영성, 특히 혼자 수행하는 데 그치지 않고 세상으로 다시 나오는 영성은 언제나 힘이 세다.

이야기
셋

어쩐지 닮았더라니

충성!
두 번째 입대를
신고합니다!!

군필자에겐 훈련소의 초코파이 추억이 있다. 일요일 종교 활동 시간, 교회·성당·법당에서 "여기선 편히 쉬어도 돼"라는 말과 함께 나눠 주던 초코파이……. 그런 때면 목사·신부·스님은 천사처럼 보인다. 이렇게 군에서 장병들을 위로하고 격려하며 선교나 포교하는 이들이 군종장교다.

1951년 한국전쟁 와중에 개신교 목사와 천주교 신부로 출발한 군종장교 제도는 현재 개신교 목사 260여 명, 불교 스님 130여 명, 천주교 신부 90여 명, 원불교 교무 3명 등 모두 500여 명이 군종장교로 활동하고 있다. 불교 조계종과 천주교는 각각 군

종교구를 두고 있다. 작년에는 군승軍僧 최초로 비구니 명법 스님이 임관해 화제가 됐다.

군종장교가 되는 길은 쉽지 않다. 만 30세 이하에 4년제 대학을 졸업하고 성직자 자격을 갖춘 후 해당 종교의 추천을 받아야 하고, 그것도 빈자리가 있어야 갈 수 있다. 과거 조계종은 군법사의 경우엔 결혼을 할 수 있도록 허용해 노스님들은 상좌가 군종장교로 가는 걸 꺼리기도 했으나 몇 해 전에 조계종 군법사라 해도 독신을 유지하도록 규정을 바꿨다. 같은 불교라 해도 아직 군종장교를 파송하지 못하는 천태종은 군종장교 파송을 숙원사업으로 삼는 등 종교 간에 군종장교 비율을 놓고 신경전이 벌어지기도 한다.

당사자 입장에서 군종장교로 복무하는 것은 괜찮은 선택이다. 국방의 의무를 수행하면서 신앙생활과 포교·선교도 할 수 있기 때문이다. 하지만 그건 목사와 스님의 이야기다. 천주교 신부와 원불교 남성 교무의 경우, 군종장교는 '군대 두 번 가는 것'을 가리킨다. 한국 남성의 악몽 순위 1위가 현실이 되는 것이다.

지난 2007년 첫 군종장교가 탄생한 원불교는 자리가 언제 날지 몰라 교무들도 일단 군복무를 마치고 성직자로 활동하다가 장교로 다시 군에 간다. 현재 3호까지 배출된 교무들은 모두 자원했다. 여성 교무의 '자원'이 많아 곧 비구니 군법사에 이어 원불교 여성 교무 장교 탄생 가능성도 점쳐진다.

천주교의 경우는 사정이 좀 다르다. 신학생들은 2학년을 마치면 일제히 군대에 간다. 그리고 군 복무가 끝나면 일제히 복학한다. 면제자도 이 기간에 같이 쉰다. 동기생들이 함께 졸업하고 사제품을 받을 수 있도록 한 조치다. 이렇게 사제품을 받고 3년이 지나 각 교구별로 군종 신부로 지명되면 '순명', 즉 명에 순종해 또다시 군대를 가야 한다. 휴학생으로 입대했을 때 사병으로서 신병 교육을 받았다면 이번엔 장교로서 교육을 받는 게 다를 뿐 그렇게 평균 4년을 보낸다.

하지만 아무리 순명한다고 해도 군대 두 번 가고 싶은 사람은 많지 않은 법. 게다가 육·해·공군 중 가고 싶은 곳을 선택하는 것도 아니다. 10년 전쯤 만난 인천교구 소속 한 사제는 군종장교로 장기 복무를 했는데 그것도 해병대였다고 했다. 그는 "주교님이 우리 교구 할당 몫을 저에게 권하셨고 순명해서 갔더니 해병대였습니다. 훈련은 좀 힘들었지요"라며 덤덤하게 말했다.

2014년 입적한 조계종 전 종정宗正 불교에서 종파의 제일 높은 어른 법전 스님의 맏상좌인 원오 스님도 군종장교 출신이다. 그는 충북 진천에서 서당 다니며 사서삼경 공부하다 "한문을 읽을 수 있는 사람이 적어 팔만대장경 번역에 어려움이 많다"라는 신문기사를 읽고 그럼 자신이 해야겠다는 마음으로 출가했다. 그러다 세상 공부도 하고 군 포교도 하고 싶어서 33세의 나이로 군종장교를 자원했다. 그 후 23년 동안 군종감(대령)까지 오르며 많은 군인을 감화시켜 출가하려는 유발 상좌를 여럿 뒀고 2008년 전역했다.

그는 군 생활 중 힘들었던 점을 묻자 "절에선 새벽 3시에 일어나는데 군에선 6시에 일어나라고 합니다. 늦게 일어나는 게 힘들었어요"라며 웃었다. 만상좌가 결혼해 환속할까봐 노심초사했던 은사 스님의 걱정이 무색하게 그는 독신으로 지내다 다시 절로 돌아와 푸른 제복을 벗고 회색 승복으로 갈아입었다. 결혼하지 않고 독신으로 남을 수 있었던 '비결'에 대해서는 "늘 산으로 돌아가야지 하는 생각 덕분이었지요"라고 했다.

어쩐지
닮았더라니

"손목에 찬 그거, 불교야? 아님 천주교?"

나무 구슬을 실에 꿰어 만든 팔찌를 한 사람을 보면 주변에선 종교부터 묻는다. 손목에 차는 것을 불교는 '단주', 천주교의 경우는 '묵주'라 부른다. 이름은 다르지만 겉모양은 비슷하다. 왜 두 종교는 똑같이 나무 구슬을 실에 꿴 묵주와 단주를 갖게 됐을까.

이를 위해서는 먼저 염주를 알아야 한다. 염주에 관해서는 경, 즉 부처님의 말씀이 전해진다. 바로 '목환자경木環子經'이다. 부처님은 근심거리가 끊이지 않는다는 어느 작은 나라 왕의 호소를 듣고 이렇게 권한다.

"번뇌와 인과응보의 장애를 없애려는 사람은 마땅히 목환자木環子 나무 구슬 108개를 꿰어서 항상 걷거나 앉거나 눕거나 늘 지극한 마음으로 뜻이 흩어지지 않게 하고, 부처와 법과 승가의 이름을 부르며 하나씩 목환자를 넘겨라. 20만 번을 채우면 몸과 마음이 어지럽지 않고, 100만 번을 채우면 108번뇌가 끊어진다."

다시 말해 염주는 불교 발생 초기부터 부처의 가르침에 따라 번뇌와 고민을 끊기 위해 기도하는 도구로 만들어진 것이다. 이렇게 시작된 염주는 다양하게 변주돼 왔다. 보통은 콩알만 한 나무알로 만들지만 숫자를 줄이는 대신 알 크기를 호두알만 하게 만든 염주도 있고, 알을 옥이나 크리스탈 등으로 만든 것도 있다.

염주보다 구슬 수를 줄여 손목에 휴대하기 간편하게 만든 것이 단주다. 혜자 스님이 이끄는 108산사 순례단은 방문할 때마다 그 사찰의 이름을 새긴 염주알을 한 알씩 나눠 준다. 2006년부터 시작해 매월 한 사찰씩 순례하며 108산사 순례를 모두 마치게 되면 108개 알로 된 염주 하나를 얻게 되는 셈이다. 10년 기도의 공력이 108염주 하나에 담기는 것이다.

천주교의 묵주 역시 그리스도교 역사와 거의 동년배다. 초대교회 당시, 이집트 사막에서 고독하게 수행하던 수도자들은 죽은 이와 순교자를 위해 구약성경 중 시편을 50·100·150편씩 매일 외면서 기도했다. 이때 몇 번 외웠는지 계산하기 쉽도록 곡식 낱알이나 과일 열매, 구슬 등을 150알씩 줄에 꿰어 쓰기 시작했다. 굳이 입으로 '한 번', '쉰 번' 하지 않아도 한 바퀴 돌아가면 150번이 되도록 한 것으로 이것이 묵주의 기원이다.

묵주기도가 가톨릭교회에 보편화된 것은 중세시대. 성모 마리아 신심이 확산되면서 묵주 알을 넘기며 성모송을 50·100·150번씩 외는 기도가 성행했다. 예수 그리스도의 탄생, 복음 선포와 수난, 부활과 승천, 성령 강림에 이르는 신비를 성모 마리아와 더불어 묵상하는 현재와 같은 묵주기도는 15세기에 자리 잡았다.

묵주 역시 크리스탈이나 은 등 귀금속을 비롯해 다양한 재료로 만들어진다. 염주와 마찬가지로 알의 숫자를 줄이는 대신 다섯 알에 하나씩 굵게 만들어 5단위로 끊어서 계산하기 쉽게 만들기도 하고, 손목에 차는 묵주는 오색 색유리로 만든 예쁜 것들도 많다. 또 성당 성물방이나 성지의 기념품점에서 사와서 사제들에게 축성받기도 한다.

이렇게 천주교의 묵주와 불교의 염주는 외모만큼이나 그 탄생의 배경 역시 닮은꼴인 셈이다. 그런데 주로 사용하는 재료 역시 그렇다. 두 종교 공히 구슬의 재료는 주로 나무로 만든다. 염주는 보리수, 향나무, 모간주, 흑단 등의 나무와 크리스탈을 비롯해 옥 제품도 있다. 묵주 알은 주로 대추나무로 만든다. 성 베네딕토회 왜관 수도원에서 묵주를 만드는 이요한 수사의 말.

"대개 500년 정도 된 고목 대추나무 속의 단단한 부분을 중국에서 수입한 뒤, 의뢰한 공장에서 구슬 모양으로 깎고 이를 납품받아 실에 꿰어 판매합니다. 나무 구슬 공장에서는 묵주 알뿐 아니라 염주 알도 만드는 것으로 알고 있습니다."

한 공장, 아니 한 나무에서 자라다가 같은 공장으로 가서 나무 구슬로 재탄생한 후엔 성당으로도 가고 절로도 간다는 이야기다. 이요한 수사는 "묵주는 한 번 구입하면 끊어질 때까지 오래 두고 쓰게 된다"라며 묵주를 구입하는 분들이 신심이 깊어지고 행복해지도록 하나하나 만들 때마다 기도한다고 했다. 결국 염주든 묵주든 이들의 최종 목적지는 간절한 기도의 마음이라는 같은 곳인 셈이다.

6×7-6+4=?

　"올해 재灰의 수요일에는 교구장 주교의 권한으로 단식과 금육을 관면(면제)한다."

　설을 앞둔 2015년 2월 중순, 한국천주교주교회의는 이런 지침을 발표했다. 천주교 신자가 아니라면 고개가 갸우뚱해질 내용이다. 이런 지침이 나온 것은 사순 시기 때문. 예수의 수난과 죽음을 묵상하며 부활 축제를 준비하는 사순절이 시작되는 '재의 수요일'과 예수의 죽음을 기리는 '성聖 금요일'에 천주교 신자들은 단식과 금육을 권고받는다. 그런데 2015년의 경우 재의 수요일이 설 전날이었던 것. 오랜만에 가족과 친지들이 모여 정을 나누는 이날 단식과 금육하라는 건 아무래도 무리다. 그래서 주교 회의는 단식과 금육을 2월 18일 대신 그 다음 주로 옮겨 지키도록 안내했다.

여기서 또 궁금해지는 것이 있다. 사순四旬은 문자 그대로 하면 40일이다. 그런데 2015년 부활절은 4월 5일, 재의 수요일부터 부활 전야 토요일까지 꼽아 보면 46일이다. 40일에서 엿새가 더 많다. 왜 이런 차이가 날까. 사순절은 사순 1주일부터 사순 6주일까지 6주로, 42일 중에서 여섯 번의 주일은 뺀다. 그래서 나오는 36일에 재의 수요일부터 토요일까지 4일을 더한 40일을 말한다. 6×7-6+4=40. 곱하기와 빼기, 더하기까지 망라한 상당히 복잡한 계산법이다.

가톨릭대사전에 따르면, 본디 초대 교회에서 부활절 전 2~3일간 예수의 수난을 기억한 것이 사순절의 시작. 그러던 사순절이 4세기 니케아 공의회 이후 40일로 정해졌다고 한다. 그리스도교에서 '40'이란 숫자는 여러 모로 의미가 깊다. 예수가 공생활公生活 전 광야에서 40일간 단식하며 기도한 것을 비롯해 구약에서도 노아의 홍수 기간이 40일, 모세가 십계를 받기 전에 단식한 기간이 40일, 히브리인들이 이집트에서 탈출한 후 가나안에 들어가기 전 방랑한 기간이 40년, 호렙산에서 엘리아가 기도하던 기간 등이 모두 40이라는 숫자와 깊은 관련이 있다. 무언가 소중한 것을 간구하며 기다리는 데는 40이란 수가 필요한 것이다.

그런데 이렇게 사순절의 40일을 계산하는 방법을 알았다 해도, 그 기준이 되는 부활절을 꼽는 방법도 간단하지 않기는 매한가지다. 성탄절처럼 매년 12월 25일로 못 박혀 있지 않기 때문이다(물론 율리우스력을 사용하는 정교회는 매년 1월 7일을 성탄절로 삼기 때문에 그레고리안력을 사용하는 서방 교회와 차이가 있다). 부활절은 3~4월 중에 이리저리 왔다 갔다 한다. 이유는 부활절이 '매년 춘분 이후 첫 만월滿月 후 첫 주일'이기 때문. 이 역시 니케아 공의회에서 결정됐다. 이 원칙에 따라 2016년 부활절은 3월 27일, 2017년 부활절은 4월 16일이 된다.

부활절 계산법에는 유대교 전통도 섞여 있다. '과월제' 혹은 '유월제'로 번역되는 유대교의 '파스카'는 '지나가다, 지나치다'라는 뜻의 히브리어에서 유래됐다. 야훼가 이집트의 모든 장자를 죽일 때 문설주에 양의 피를 발라놓은 이스라엘 민족의 집만 그냥 지나쳤다는 데서 유래한 축제다.

파스카와 부활절이 연결된 것은 예수가 이 유월제 기간에 제자들과 최후의 만찬을 함께한 뒤 십자가형을 당하고 부활했기 때문이다. 즉 죽음을 지나 다시 살아난다는 의미가 더해지며 유월제와 부활절이 겹쳐지게 된 것이다.

부활절과 사순절의 날짜는 이렇듯 늘 바뀐다. 그렇지만 변하지 않는 것은 부활의 정신, 예수 수난과 죽음의 의미를 묵상하며 부활 축제를 준비한다는 점이다. 그래서 단식도 하고 금육도 하는 것이다. 서로 발을 씻어 주는 세족식 역시 예수가 제자들의 발을 씻어준 정신을 되새기고자 함이다.

2014년 부활절은 세월호 사고 직후였다. 축제를 할 분위기가 전혀 아니었다. 그래서인지 그 어느 부활절보다도 숙연한 분위기에서 예수의 죽음과 부활의 의미를 새기는 기회가 됐다. 실은 부활절과 사순기간뿐 아니라 평소에도 그렇게 살라는 게 예수 부활의 메시지가 아닐까.

모두가
부러워하는 것을
갖는 비결

2014년 방한한 프란치스코 교황이 '쏘울'을 타는 모습은 신선한 충격이었다. 그 큰 체구를 준중형차에 '구겨 넣고' 차창 밖으로 손을 흔드는 그의 트레이드 마크를 한국에서 다시 한 번 보여 준 것. 사실 교황방한준비위원회(이하 방준위)가 브리핑에서 "교황님은 한국에서 생산한 '가장 작은 차'를 타고 싶어 한다"고 발표했을 때까지만 해도 고개를 갸우뚱했다. 그러면서 동시에 '가장 작은 차'가 뭐냐를 놓고 취재 경쟁이 붙었다.

그 결과 가장 작은 차는 '모닝', '스파크' 등 경차이지만, 경호 문제와 교황의 체구 때문에 결국 쏘울이 되는 것 아니냐는 관측

이 많았다. 실제로 현대기아차와 청와대, 방준위 등은 내부적으로는 이미 쏘울로 정해 놓고 발표를 하지 않았던 것일 뿐이다. 이는 교황청의 요청이기도 했고 경호상의 문제이기도 했다. 교황의 방한 동선 역시 사실상 다 공개된 것이나 다름없었음에도 늘 당일에서야 발표됐다. 국가원수에 대한 예우와 같았다.

여러 해 전 성직자와 자동차에 관한 기사를 준비한 적이 있다. 김수환 추기경이 마지막까지 구형 그랜저를 타는 모습을 보고서다. 김 추기경은 그랜저 이전에는 쏘나타를 탔다. 천주교 각 교구장의 자동차를 알아봤더니 대부분 중형차였고 연식이 오래된 모델들이었다. 서울 중곡동 한국천주교주교회의에서 열리는 회의에 단골로 지각하는 한 교구장이 있었다. 낡은 차가 툭하면 고속도로에서 퍼지는 바람에 그랬다고 했다.

그뿐 아니라 대부분의 지방 주교들은 모두 중형차를 타고 있었고 그나마도 '고물'급이었다. 또 만 65세가 넘은 이들이 많은 지방 주교들은 기차나 고속버스로 상경해서는 지하철이나 버스를 통해 중곡동으로 이동했다. 경로우대를 받아 서울 시내에서는 공짜로 움직인 것에 대해 "나이 드니까 좋은 것도 있네"라며 좋아했다는 것이다.

이를 계기로 내친 김에 다른 종교 유명 성직자들의 자동차도 알아봤다. 내심 '성직자들이 이렇게 검소하게 살고 있다'는 취지의 결론을 기대하면서. 그런데 대형차나 고급차가 상당히 많았다. 이유는 여러 가지였다. 낮이고 밤이고 서울로 지방으로 국도나 고속도로를 타고 이동이 잦은 만큼 안전을 고려하지 않을 수 없었다. 나는 중형차를 타고 싶은데 신자들이 자신의 차를 가져다주면서 타라고 권하니 그 정성을 마다하기가 곤란하다, 저 사찰(교회) 스님(목사님)은 좋은 차 타는데 우리 스님(목사님)이 꿀리는 것처럼 보이는 게 싫다…….

다들 그 나름대로 일리가 없지는 않았다. 하지만 속세 사람들 역시 똑같은 이유로 힘만 닿는다면 고급차·대형차를 타고 싶어 한다. 잠시 옆길로 빠지자면 종교기자들의 덕목이 뭔가. 첫째가 공정, 둘째가 불편부당不偏不黨이다. 어느 한쪽에 치우쳤다간 치도곤 얻어터지기 십상이기 때문이다.

각 신문의 종교기사를 잘 살펴보시라. 종교기자들끼리 부르는 '개불천(개신교·불교·천주교)' 이야기가 지면에 골고루 등장한다. 기사의 양도 고르게 배분해야 한다. 종교기사의 건수와 양을 분석하는 종교기관도 있다. 이 기관은 신문에 실린 기사의 가로와 세로를 곱한 ㎝ 단위로 면적을 계산해 1년 치 각 신문의 종교기사를 분석한다. 나는 어느 해인가 이 기관이 분석한 자료에서 '개불천'을 각 30%씩의 면적으로 고루 배분했다는 평가를 받은 적도 있다(당시 그 결과를 보고 나도 놀랐다).

각설하고 본론으로 돌아오면 그렇게 기사는 포기했다. 그리고 여러 해가 흘렀다. 눈앞에서 '쏘울 탄 교황'을 만나게 됐다. 교황은 주로 시내에서 이동할 때는 쏘울을 탔고 지방으로 움직일 때는 헬기나 KTX를 이용했다. 우리나라 성직자와의 단순 비교는 어려웠지만 입맛은 썼다.

하지만 몇 년 전 취재 때 소득이 없는 건 아니었다. 성철 스님이 늘그막에 벤츠를 탔다는, 망외의 소득을 얻었기 때문이다. 알려진 대로 성철 스님은 승복조차 덕지덕지 천을 덧대 기운 것을 평생 입었던 분. 그런데 벤츠라니? 사연은 이랬다. 대통령이 보자 해도 해인사 백련암에서 나오지 않았던 스님이건만 병원을 간다든지 법문을 하기 위해 외출할 때가 있었다. 그럴 때면 독실한 불자였던 화승그룹 현승훈 회장이 자신의 벤츠 승용차를 백련암으로 보내 드린 것.

'내 차'를 갖지 않으니 세상 고급차가 다 '내 차'가 된 셈이다. 종교인들이 세상 사람들이 모두 부러워하는 것을 갖는 법? 답은 간단하다. 종교인답게 사는 것!

이게 바로
'명품 달력'

페이지를 넘기자 거칠거칠한 화강암 위를 자라 한 마리가 꼬물꼬물 기어간다. 한 장 더 넘기니 이번엔 게가 물고기와 뽀뽀할 듯 닿아 있다. 옅은 갈색기가 도는 흑백 사진들이다. 그 사진 아래 숫자에 '경전읽기 모임', '하안거 결제' 같은 글자가 없다면 그냥 사진집이라 해도 무방할 정도. 전남 해남 미황사의 2015년 달력이다.

　종교계 달력에도 '명품'이 있다. 이제 농어촌 사찰, 성당, 교회라고 해서 그림이나 사진 없이 숫자만 주먹만 한 달력을 고집하지 않는다. 하루에 한 장씩 뜯어내는 일력은 거의 사라졌다. 유적·유물이 많은 전통 사찰, 아름다운 건축미나 자연경관으로 유명한 성당 등이 자체 제작한 달력들은 날짜를 알려 주는 본래 기능에서 일보 더 전진, 찾아가 보고픈 마음까지 일으킨다. 달력 한 장이 포교사 혹은 선교사 몫까지 하는 셈이다.

미황사의 '달력 프로젝트'는 매년 8~9월쯤 시작된다. 주지 금강 스님은 "다음 해 달력의 콘셉트를 잡기 위해 사진작가와 함께 논의하고, 결정한 후에는 촬영과 인쇄에 들어가 10월 말 괘불재전에 완성한다"라고 했다. 괘불재란 지역 사람들이 모여 한 해 농사에 감사하고 서로 음식을 나누며 화합하는 일종의 축제와 같은 불교 행사다. 미황사는 그동안 대웅전과 달마산 등 사찰 안팎의 건물과 풍경을 주제로 사진 달력을 냈다. 신도들은 주변 농어촌 주민이 대부분이라 사실 날짜가 크게 인쇄된 것을 선호할 법도 하다.

"수 년째 해오다 보니 이젠 이런 달력을 좋아들 하세요. 올해는 사리탑을 주제로 만들어 서울 등 대도시에도 몇백 부씩 보냈지요."

대구 팔공산 갓바위, 경남 합천 해인사 등 좋은 '피사체'를 두루 갖춘 사찰들도 마찬가지로 매년 사진 달력을 만들어 전국 각지의 신도와 인연 있는 이들에게 보낸다.

한편 국내 최대 비구니 교육기관인 경북 청도 운문사의 달력은 '금남禁男의 집' 살림을 살짝살짝 보여 준다. 그동안 사진작가가 촬영했던 것을 몇 년 전부터는 비구니들이 직접 찍고 있다. 사진 속에서 승가대학 학생들은 큰 방에 앉아 독경하고, 마당 가득 떨어진 은행을 줍고, 부뚜막에 올라가 긴 자루 국자로 국을 젓는다. 저녁 어스름에 창문 활짝 열고 공부하는 장면에선 경을 읽는 메조소프라노 합창이 들려올 듯하다. 금당 앞 눈사람에 우산 씌우고, 목도리 두르고, 귤로 눈을 만든 20대 감수성 그대로의 비구니식 유머도 볼 수 있다.

사계에 따른 자신들의 일상생활을 달력을 통해 '공개'하는 곳들도 있다. 경기 화성 남양성모성지는 민간 수목원들이 입장료 받는 게 머쓱할 정도로 아름다운 조경을 자랑한다. 이곳 이상각 신부는 조경뿐 아니라 사진 실력도 발군이다. 사진 작품전을 연 적도 있다. 덕분에 벌써 수년 째 손수 촬영한 사진으로 달력을 만든다. 2015년에도 분홍·하늘색 우산을 든 수녀들이 묵주기도 길을 걷는 모습, 지는 노을빛이 눈부신 팽나무와 로사리오 광장, 불타는 단풍을 광배光背처럼 두른 성모상, 낙엽 다 떨어진 앙상한 은행나무 가지에 색색깔의 공을 매달아 장식한 장면 등을 담은 달력을 준비했다.

모두 7종의 2015년 달력을 제작한 가톨릭출판사는 지금은 모두 사라진 북한 평양교구 성당들의 옛 모습을 펜화로 재현한 달력을 내놓았다. 관후리 주교좌성당을 비롯해 나무로 세운 종탑이 예뻤던 의주 비현성당, 안중근 의사와 밀접한 인연을 맺은 빌렘 신부가 세운 진남포성당, 통나무로 지은 중강진성당 등이다. 서울대교구 산하 가톨릭출판사는 매년 여러 종의 달력을 제작해 각 성당과 단체 등에 납품해 왔는데, 북한의 천주교 유적을 다룬 것은 2015년이 처음이었다.

"북한이 공산화되면서 평양교구 소속 사제들은 대부분 성당을 지키다 순교하신 것으로 알려졌어요. 침묵의 교회인 북한 교회를 위해 기도하는 마음, 순교한 선배 사제들을 기리는 마음을 담아 올해 특별히 제작했지요."

가톨릭출판사 사장인 홍성학 신부의 말이다. 평양교구장 서리를 겸하고 있는 서울대교구장 염수정 추기경은 이 달력을 받아 보고 고마워하며 새해 선물용으로 3천 부를 따로 주문했다고 한다. 누구나 스마트폰에 달력 하나쯤 넣고 다니게 된 요즘, 달력은 곧 사라질 것처럼 보인다. 그러나 달력은 날짜를 알려 주는 기능만으로 존재하는 것은 아니었던 모양이다. 달력은 지금도 이렇게 포교사, 선교사로 진화, 발전하면서 생명력을 이어가고 있다.

우리는
이렇게
추모합니다

지난 2009년 김수환 추기경 선종 이후 가톨릭에서 잠시 논란이 있었다. 그해 4월 5일 김 추기경이 잠든 경기도 용인 가톨릭묘원에서 김 추기경의 마지막 추모 미사가 열린 것. 그런데 하필 그날은 한식이자 김 추기경 선종 49일째였다. 그러자 "가톨릭도 49재를 올리는 것이냐, 그건 불교식 아니냐"라는 말들이 나온 것. 게다가 김 추기경 장례미사 후 첫 주일 열린 미사 역시 장례 후 사흘째여서 삼우제가 아니냐는 설왕설래까지 나온 것이었다.

이에 대해 당시 서울대교구 홍보국장 허영엽 신부는 오해라며 선을 그었다. 부활기간이 시작되는 4월 6일 이전에 추모기간을 마무리한다는 차원에서 마침 한식인 4월 5일을 추모미사 날짜로 정한 것일 뿐, 그 날짜가 49일째와 겹친 것은 우연이라는 설명이었다.

사실 삼우제란 유교식 추모예법으로 망자의 혼백을 평안하게 달래기 위해 지내는 제사다. 장례 당일엔 초우, 다음날엔 재우, 사흘째엔 삼우제를 지낸다. 반면 49재는 불교식 추모예법. 망자의 영혼이 7일 간격으로 일곱 번 중요한 고비를 넘기면 극락왕생한다고 믿고 그때마다 재를 올린다. 그 마지막 재가 49재인 것으로 '77재'라고 부르기도 한다.

그런데 유교식 삼우제나 불교식 49재는 종교의 구분 없이 일반인들도 많이 치르고 있다. 장례식만 마치고 갈무리하기에는 망자에 대한 그리움이 사무치기 때문. 그래서 개신교인들도 장례 사흘째 되는 날 묘소를 참배하고, 천주교인들 역시 장례 사흘째나 사망 49일째 되는 날 미사를 드리기도 한다. 사정이 이렇다 보니 천주교가 삼우제나 49재도 받아들인 것 아니냐는 오해가 생긴 것이다.

그러나 이는 천주교의 '토착화'에 따른 것이지 교회법적으로 허용된 의례는 아니다. 천주교는 20세기 초반 들어 각국의 사정을 감안해 조상 추모, 제사 등의 의식을 일부 허용하기 시작했다. 《가톨릭대사전》에 따르면 국내 천주교계도 이 흐름에 맞춰 1930년대 후반에 제사를 허용하면서 조상의 시신이나 무덤, 사진이나 이름만 적힌 위패를 놓고 절하며 향을 피우는 행위 등을 허용했다. 또한 가톨릭은 1960년대 제2차 바티칸공의회를 기점으로 혁신했다. 그 이전까지는 라틴어로만 진행되던 미사를 각국 언어로 올리도록 하는 등 바티칸공의회 이후 가톨릭의 현지화와 토착화는 대세가 됐다.

2014년 프란치스코 교황이 즉위 후 처음 한국을 방문해 시복식을 한 대상은 '윤지충 바오로와 123위'였다. 윤지충 바오로는 조선 최초의 순교자. 그와 그의 고종사촌 권상연 야고보가 순교한 이유는 조상의 신주를 불태우고 제사를 모시지 않았다는 죄 때문이었다. 당시 조선의 천주교인들은 북경의 구베아 주교에게 제사를 지내도 되는지 문의했는데, 안 된다는 답을 받자 이를 충실히 따른 것이다.

윤지충과 권상연의 순교 이후로 한국 천주교는 정확한 숫자조차 가늠되지 않을 정도로 수많은 순교자가 흘린 피 위에 세워졌다. 그랬던 당시와 비교하면 천주교 신자들이 제사는 물론 '3일 미사', '49일 미사'까지 올리는 현재의 모습은 격세지감이 아닐 수 없다.

참고로 개신교 역시 《교회용어사전(생명의말씀사)》은 삼우제에 대해 "그 자체가 이교적인 사상에 근거하고 있으며 부활과 내세를 믿는 기독교의 신앙과는 맞지 않는다"며 "성도는 분묘가 잘 조성되었는지를 살펴보고, 고인이 남긴 신앙 유산을 되새겨 본다는 측면에서 산소를 찾아보는 것이 좋다"고 서술하고 있다. 또 "삼우제란 말도 '장례 후 첫 성묘' 또는 단순히 '첫 성묘'로 구분하여 부르는 것이 취지에 맞다"라고 권한다.

여러 종교의 장례와 추모 예법이 공존하는 것이 우리네 문화의 특징이자 장점이기도 하다. 장례 사흘째 지내는 삼우제나 49일째 모시는 49재는 모두 망자에 대한 사무친 그리움을 담았기에 종교에 관계없이 우리 사회 전반에 널리 퍼졌을 것이다. '종교 사이의 벽을 낮추자'라는 말이 없던 시절에도 우리 조상들은 장례와 추모 예법에서 서로 좋은 점을 나누고 있었던 것이다.

선문답인데
왜 그리 대답하셨소

"노환을 겪고 계신 걸로 압니다. 한때 중병설도 있었고요. 건강은 어떠신가요?"

"좋아졌습니다. 요즘도 매 주일 예배 때 한 번씩 강단에 서고 있습니다."

지난 2009년 성탄절을 맞아 조용기 여의도순복음교회 원로목사와 인터뷰를 할 때의 일이다. 조 목사는 당시 73세로 건강이 좋지 않은 것으로 알려졌었다. 그래서 인터뷰 직전까지도 과연 제대로 메시지가 전달될까 약간 불안하기도 했다. 실제로 비서의 부축을 받아 그가 인터뷰 장소에 들어올 때까지도 이런 걱정은 가시지 않았다. 그는 손도 약간 떨고 있었다.

그러나 기우였다. 일단 말문이 열리자 청산유수, 막힘이 없었다. 한 시간이 넘도록 이런 저런 질문에 거침없이 답변했다. 가족 문제 등 다소 민감한 사안도 먼저 이야기할 정도였다. 비서진은 "평소엔 기운이 없으시다가도 설교 때만 되면 언제 그랬냐는 듯이 기운이 넘치십니다"라고 했다. 물론 설교는 수많은 청중을 앞에 두고 하는 것이고, 그 날은 나와 단 둘이 앉아서 나누는 대화. 그럼에도 역시 주제를 가지고 '말'을 한다는 자체가 조 목사에게는 엔도르핀이 샘솟는 일이었던 모양이다.

사실 이는 원로 종교인을 만나다 보면 자주 겪는 일이다. 평소엔 자리에서 일어설 힘도 없어 보이는 이들이 눈앞에 청중이 등장하면 어디서 그런 힘이 나는지 에너지를 쏟아내는 것이다. 통일교 문선명1920~2012 교주도 그랬다. 2009년 1월, 경기도 가평의 천주청평수련원. 이른바 '통일교 왕국'에서 그의 구순 잔치가 열렸다. '만왕의 왕 하나님 해방권 대관식'이라는 행사도 열렸다. 북한 김정일 국방위원장이 보냈다는 산삼 세 뿌리와 세계 각국 정상들의 축전도 소개됐다. 그의 영향력을 과시하는 자리였다.

그런데 그는 자리에서 일어서는 것도 힘들어 보였다. 양옆에서 두 사람이 옆구리를 부축해 주자 겨우 일어섰다. 그러곤 한 시간이었다. 연단을 양손으로 짚기는 했지만 쩌렁쩌렁한 목소리로 청중석의 사람들을 호명해 일으켜 세웠다 앉히는 등 90이라는 나이가 무색해 보였다.

그러나 모든 원로 종교인이 그런 것은 아니었다. 비구니 혼자 힘으로 도심 포교의 한 모델이 된 한마음선원을 일으켜 세운 대행 스님을 만났을 때의 일이다. 당시 대행 스님은 건강이 너무 좋지 않아 대중법문을 하지 않은 지 수 년째이던 상황이었다. 기자들은 스님 생전에 육성을 담기 위해 인터뷰 요청을 해놓고 있었다. 그러던 어느 날, 스님을 모시는 분으로부터 인터뷰를 할 수 있을 것 같다는 연락이 왔다. 하지만 휠체어를 타고 현장에 나타난 스님은 너무도 기력이 없어 보였다. 그 사이 상태가 다시 악화된 것.

인터뷰가 어려워 보였지만 원로 종교인들이 갑자기 기운을 내는 '기적'을 바라며 이런 저런 질문을 드렸다. 그랬더니 마침내 어느 순간 스님의 눈이 반짝이며 "어디서 오셨소?" 하는 것이었다. 이를 놓칠 새라 잽싸게 "잠실에서 왔습니다"라고 대답했다. 그런데 이럴 수가, 스님이 다시 눈을 감고 기력을 놓으시는 것 아닌가. 대화는 이어지지 않았다. 아무래도 더 이상의 인터뷰는 어려워 보였고 결국 포기할 수밖에 없었다.

허탈한 마음으로 나오는 길에 인터뷰에 배석했던 분이 말했다.

"스님이 어디서 왔냐고 묻는 건 선문답인데, 거기서 잠실이라고 하시지 말지 그러셨어요."

스님이 순간적으로 기력이 돌아와 던진 선문답을 낚아챘으면 대화가 이어질 수도 있었다는 이야기였다. 지금도 가끔 궁금하다. 그때 내가 그 질문에 "악!" 소리를 내거나 "똥막대기요"라고 대답했으면 대화가 이어졌을까?

매서인, 쪽복음
그리고 권서인

"제가 결혼한 1966년 무렵, 신랑감 선호 직업 순위에서 목사는 이발사 다음이었습니다. 저는 세 살 때 조사助師 혹은 助事였던 부친을 여의고, '너는 주의 종이 돼야 한다'는 어머니의 기도 속에 성장해서 목사가 그냥 제 직업인 줄 알았습니다."

서울 동부이촌동 충신교회 박종순 원로목사는 자신이 목회자의 길을 걷게 된 것은 어머니의 기도 덕분이었다고 말한다. 그런데 그의 이야기 중 '조사'가 눈에 걸린다. 앞뒤의 이발사와 목사는 알겠는데 '조사'라니? 여기서 조사는 근현대 한국 장로교에서 쓰였던 특수한 용어다. 요즘으로 치면 '전도사' 정도에 해당한다.

불과 반세기 전만 거슬러 올라가도 지금 사람들로선 해독 불가능한 개신교 용어들이 수두룩하다. '전도부인傳道婦人', '매서인賣書人', '권서인勸書人', '쪽복음' 등이 그런 예이다.

'전도부인'이란 요즘 말로 여성 교역자이다. 영어로는 'Bible Woman'. 개신교 선교 초기인 구한말 여성들의 집밖 출입이 자유롭지 않던 시절, 남성 선교사들은 여성에 대한 접근 자체가 불가능하다시피 했다. 이럴 때 등장한 것이 '전도부인'. 처음엔 언더우드 선교사의 부인인 릴리어스 호튼 언더우드 여사, 스크랜턴 선교사의 어머니인 메리 스크랜턴 여사처럼 남자 선교사의 가족이 전도에 나섰다.

시간이 흐르면서 아예 여자 선교사들이 파견됐다. 광주·전남을 중심으로 활동한 도마리아 여사, 유화례 여사 등이 대표적인 예이다. 이들은 여성에 대한 전도와 함께 여자 어린이들의 교육에도 남다른 공로를 쌓았다.

'매서인'이란 문자 그대로 '책 파는 사람'이다. 그들이 파는 책은 성경 혹은 쪽복음이었다. 개신교가 낯설던 시절, 매서인들은 선교사들을 도와 미선교 지역에서 활동하면서 성경을 팔거나 배포하며 전도했다. '쪽복음'이란 복음서를 분책한 것이고 '권서인'은 전도지나 성경을 권하면서 전도에 나선 이들을 말한다.

1870~80년대 만주에서 영국성서공회 선교사 로스 목사와 함께 한글 성경을 번역해 만주와 조선에 배포한 서상륜도 권서인이었다. 그는 당시 금지된 문서였던 쪽복음을 들고 압록강을 건너 조선땅에 복음을 전했다. 그렇게 의주에서 평양까지 '바이블 로드'를 타고 전해진 복음은 1907년 '평양대부흥'의 밑거름이 됐다.

그런데 130년이 지난 지금도 '한글 쪽복음'은 사라지지 않고 있다. 역시 압록강·두만강 건너 중국에서 선교사들을 통해 배포된 쪽복음이 북한 지역에 조금씩 전해지고 있다. 이들 쪽복음이 한때 '동양의 예루살렘'으로 불렸던 평양을 비롯한 북한 지역에 다시 복음의 불길을 일으킬 날은 언제 올까.

성직자의 아내로
산다는 것

20년 전쯤의 일이다. 늦은 밤 택시를 탔는데 기사분이 중년 여성이었다. 호기심에 이런 저런 이야기를 나누다 보니 여성 기사분의 '교대자'는 남편, 교대 장소는 '집'이라고 했다. 부부가 맞교대로 같은 택시를 운전하고 있다는 것. 경북 포항에서 화물차를 운전하던 부부는 두 아들이 성장함에 따라 상경했는데, 빠듯한 서울 생활에 아들들의 학비를 마련하기 위해 번갈아 운전대를 잡게 됐다고 했다. 다행히 아들들은 부모님의 고생에 보답하듯 열심히 공부해 모두 명문대에 다니고 있다고 했다.

그런데 내 가슴을 울린 건 그런 성공 스토리보다 '맞교대 풍경'

이었다. 하루를 반으로 나눠서 교대하면 물리적으로 12시간씩 운전해야 한다. 부부끼리 운전하니 이보단 덜할 것 같지만, 기사님의 말에 따르면 교대하기 위해 집에 들어가 놓고도 잠을 자고 있는 남편이 안쓰러워 30분~1시간씩 늦게 깨운다고 했다. 그러면 남편은 또 그만큼 아내를 늦게 깨우고…….

결과적으로는 보통 택시기사들이 근무하는 시간만큼 운전대를 잡게 된다고 했다. 일하는 시간이라는 결과는 같지만 과정은 배우자에 대한 사랑과 연민, 배려가 가득한 '늦게 깨우기'인 것이다. 택시에서 내릴 무렵 그 여성 기사분은 "행복하다"고 말했던 것 같다. 그리고 귀갓길에 받은 그 감동은 20년이 지난 지금도 가슴 뻐근하게 남아있다.

최근 어느 원불교 교무에게 들은 이야기는 오래 전의 이 부부 택시기사를 떠올리게 했다. 알려진 대로 원불교 교무의 기본 '용금(사례비)'은 38만 원. 원불교의 여성 교무들은 지금도 결혼하지 않는 정녀貞女로 살아간다. 반면 남성 교무들은 독신 즉 정남貞男으로 살 수도 있고 결혼할 수도 있다. 결혼한 남성 교무의 부인은 '정토'라 부른다. 결혼한 남성 교무의 경우 육아 지원금, 학자금 등이 보태져 최대 100만 원이 겨우 넘는 용금을 받는다. 그래서 남편이 교무인 경우엔 부인도 직장을 갖는 경우가 대부분이다. 그러지 않고서는 생활을 꾸려 나가기 어렵기 때문이다.

이 교무 부부가 지금까지 살아온 과정은 이랬다. 남편은 교당을 개척하고 원불교 행정기관인 교정원에 근무하는 동안에 외부 강연이나 법문 등으로 받은 사례금은 한 푼도 건드리지 않고 아내에게 줬다. 부인 역시 직장생활을 했다. 그러던 어느 날 부인이 큰 수술을 하게 됐다. 수술비를 걱정하는 남편에게 부인은 거액이 들어 있는 통장을 내밀었다. 그동안 남편이 갖다 준 돈을 알뜰하게 모아 뒀던 것이다. 부인이 어떻게 살아왔는지 잘 아는 교무는 눈물이 핑 돌았다고 한다. 그는 "제가 지금껏 교무 생활을 잘 해올 수 있었던 것은 우리 정토 덕분"이라고 했다.

개신교 목회자의 경우, 부인을 '사모'라고 부른다. 국어사전에서 이 말을 찾으면 '스승의 부인을 가리키는 말'이란 첫 번째 뜻 뒤에 두 번째로 올라 있다. 전국 미자립 교회 비율이 80%가 넘는 상황에서 사모들도 정토들만큼 고생하기는 마찬가지. 가정사역전문기관인 '하이패밀리'는 사모들을 대상으로 세미나를 여는데 이들의 애환이 만만치 않다. 지난 2008년 설문조사에서 사모들의 고민은 1위가 부족한 자질로 인한 한계(34.6%), 2위는 평신도도 아니고 사역자도 아닌 애매모호한 자리(29%)로 나타났다.

사제가 결혼할 수 있는 대한성공회의 경우는 어떨까. 현재 서울교구장인 김근상 주교의 경우, 그의 부친은 물론 외할아버지도 사제였다. 사제의 딸이자 아내로서 김 주교의 어머니가 어떤 고생을 했을지는 불문가지. 어느 날 멀쩡히 서강대를 다니던 아들 김근상이 성공회 사제가 되겠다고 했다. 그러자 다림질을 하던 어머니가 다리미를 내동댕이치며 소리쳤다.

"또 어떤 집 딸을 고생시키려고!"

사모든 정토든 성직자의 아내로 산다는 것은 부부 택시기사처럼 '2인 3각'의 한 몸으로 살아야 하는 험난한 길이다. 남편 일에 나서는 이가 문제를 일으키는 것은 어느 사회나 마찬가지. 또 물의를 일으키는 소수가 전체의 얼굴에 먹칠하고 이미지를 흐리는 것도 사실이다. 그러나 지금도 교회와 교당의 뒤꼍에서 사모와 정토들은 빠듯한 살림을 꾸리며 그림자처럼 조용히 성직자의 아내로 살아가고 있다.

빛과 어둠

완벽한 암흑. 전후좌우로 고개를 돌려 봐도 보이는 것은 아무 것도 없었다. 좌우 벽면을 손으로 더듬더듬 짚으며 발끝에 온 신경을 곤두세워 조심스레 내딛었다. 한 걸음 한 걸음 나아가지만 곧 벼랑에서 떨어질 것 같은 공포가 엄습했다. 문득 희미한 불빛을 느꼈다. 분명 내 앞에 스크린 혹은 벽이 있다고 느끼는 순간, 손을 뻗었더니 허공 속으로 쑥 빨려 들어갔다. 또 분명히 붉은색 사각형을 보았는데 주변의 색깔이 조금 바뀌자 분홍색, 보라색 등으로 색깔이 달리 보이기도 했다.

　강원도 원주 오크밸리 리조트 '뮤지엄 산'에 있는 제임스 터렐의 작품들은 이렇듯 암흑과 빛을 극명하게 대비시킨다. 그러면서 "당신이 보는 것이 진짜 실체인가, 또 실체라 이름 붙일 수 있는 게 과연 있는가"라고 묻는 듯하다. 순수한 빛 그 자체를 폭로하고 싶다고 말하는 작가는 퀘이커교도다. 어떤 누구의 중개나 중재도 없이 오로지 신자와 하나님의 직접 소통을 이야기한다. 그래서인가. 어둠 속의 빛은 그런 상징을 보여 주는 매개체다.

그 암흑 속에서 문득 성철 스님을 떠올렸다. 간화선 그리고 깨달음에 대해 물어 오는 이들에 대한 일화가 워낙 많은 분이 성철 스님 아닌가. 어느 날, 성철 스님은 자신을 따르던 혜국 스님을 앞에 앉혀 놓고 죽비를 들었다.

"이게 봬냐?"

"예, 보입니다."

"(갑자기 '훅' 촛불을 끄고) 봬냐?"

"깜깜한데 어떻게 보입니까?"

"고양이나 올빼미는 깜깜할수록 잘 보는데 너는 그것도 안 보이나? 너는 누가 보는지를 모르고 있다."

빛이 없어 깜깜한데 눈에 보이는 것이 있을 리 없다. 그러나 성철 스님은 '보인다는 것'이 착각일 수 있음을 촛불의 비유를 통해 '보여 준' 것이다. 선승들은 깨달음의 세계를 태양(달)과 구름의 관계로 비유하곤 한다. 본디 우리의 면목은 찬란한 태양이 떠 있는 하늘이지만 구름, 즉 마음의 때가 끼여 태양이 보이지 않는 다는 것이다. 마음공부를 통해 구름을 걷어 내면 비로소 태양이 보인다고 한다.

'거울과 때'의 비유도 자주 등장한다. 거울에 때가 끼면 내 얼굴이 제대로 비치지 않지만 깨끗이 닦아 내면 잘 보이게 된다는 이치다. 숭산 스님의 제자로 베스트셀러 《만행—하버드에서 화계사까지》의 저자인 현각 스님은 대학에서 강의할 때면 강의실 주변 화장실에서도 거울을 떼어 온다. 그러고는 닦기 전에 한 번, 닦고 나서 다시 얼굴을 비춰 본다.

성철 스님이 강조한 '돈오돈수'는 한 번 닦으면 깨끗해진다는 것이고, '돈오점수'는 한 번 닦아도 다시 때가 끼니 꾸준히 때를 닦아 내야 한다는 주장이다. 구름이 끼여 해와 달이 보이지 않는 상태, 때가 끼여 거울이 보이지 않는 상태가 무명無明, 즉 빛이 없는 상태다.

사실 천문학자들은 우리가 지금 보고 있는 별빛이 수백, 수천 광년 떨어진 곳에서 날아온 것이라 한다. 그 빛을 쏜 별은 이미 사라지고 없을 수도 있다. 우리말에는 '들어 보다', '맛보다' 등 '보다'가 들어간 표현이 많다. 그만큼 시각에 의지하는 인간의 특성이 언어에 반영된 것이다.

그렇지만 성철 스님의 말씀이나 천문학 연구 결과를 보면 과연 '본다=믿을 수 있다'는 등식이 성립하는지 알쏭달쏭하다. 불교 수행은 바로 그렇게 말로는 설명하고 알기 힘든, 너와 내가 다르지 않고 우주만물이 하나인 진리를 찾아 나서는 길이다.

튀는 스타일은
어디에나 있다

　불교, 원불교, 성공회, 천주교의 여성 수도자 모임인 삼소회 회원들과 함께 인도 성지순례를 할 때의 일이다. 연세 지긋한 분들은 그렇지 않았지만 역시 젊은 수도자들은 헤어스타일에 관심이 많았다. 한 원불교 교무가 입회한 지 얼마 되지 않은 수녀에게 물었다.

　"수녀님, 그 캡 속에 있는 머리는 어떤 스타일이에요?"

　"처음에는 파마도 하고 이렇게 저렇게 했는데 요즘은 그냥 단발로 해요. 근데 교무님들 머리는 그렇게 매일 쪽찌려면 힘들지 않나요?"

"아뇨, 숙달되면 1~2분이면 해요. 나중에 보여 드릴게요."

성직자나 수도자들은 대개 복장과 헤어스타일을 보면 한눈에 소속을 딱 알아볼 수 있다. 천주교와 성공회의 사제는 셔츠 목 부분의 흰색 로만 칼라가, 스님들은 복장과 헤어스타일 두 가지가 단박에 눈에 띈다. 반면 개신교 목회자는 복장과 헤어스타일이 일반인과 크게 구분되지 않는다. 이때부터 종교기자들의 고민은 시작된다. 그래서 취재한 주제에 따라 교회 안팎의 십자가를 멀리 배경 삼아 찍기도 한다. 뭔가 성직자라는 것을 보여 줄 만한 상징을 찾아 헤매는 것이다. 때로는 제의나 영대領帶 성직자가 성무를 집행한다는 표시로 목에 걸쳐 늘어지게 매는 좁고 긴 띠를 어깨에 두르도록 권하기도 한다.

다행히 종교인들 가운데는 '포토제닉'한 상황을 먼저 만들어 주는 분들이 있다. 외모 가꾸는 취미를 가진 이들이다. 대표적인 사례가 스님의 수염과 사제의 파마머리. 원래 스님들은 털을 기르지 않는다. 머리카락은 망상을 일으키는 무명초라 하여 보름에 한 번씩 깎는다. 사실 머리카락 길러 본 사람은 안다. 길면 길수록 손이 많이 가고 신경도 많이 쓰인다는 것을 말이다.

반면 스님의 수염은 기원이 꽤 오랜 듯하다. 조선시대 김명국의 〈달마도〉에서도 달마 대사는 콧수염과 턱수염을 덥수룩하게 기르고 있다. 그렇다고 계율이 수염을 허용하는 것은 아니다. 여전히 여럿이 모여 사는 환경에서는 그 어떤 털도 허용하지 않는다.

그러면 우리가 가끔 만나는 털보 스님은 어떻게 된 걸까? 대중 생활하는 스님에겐 어려운 일이지만 이른바 '독獨살이'를 하는 분들은 개성에 따라 수염을 기르기도 한다. 사명대사나 경허대사의 경우도 수염을 기른 모습의 영정이 있다. 이에 대해 불교계에서는 '사명대사는 임진왜란으로 도탄에 빠진 나라를 구한 분, 경허대사는 조선왕조 500년간 꺼져가던 불교를 일으켜 세운 분'이라서 수염을 특별히 허용했다는 설이 있다. 다시 말해 나라를 구하거나 그에 준하는 업적이 있는 분에 한해서 수염을 기르는 '일탈'을 허용했다는 것.

반면 천주교 사제들은 머리와 수염을 기르는 것이 모두 허락된다. 신학교 시절엔 '장교 머리' 정도로 짧게 깎는 경우가 대부분이지만, 이때도 헤어스타일을 어떻게 하라는 지침은 없다. 그럼에도 보는 눈들이 있어 스타일을 자기 마음대로 하기는 쉽지 않다. 하지만 사제품을 받은 후에는 깎든 기르든 자율에 맡기므로 때로는 파마 사제, 더 드물게는 삭발 사제도 볼 수 있다. 서울대교구만 해도 삭발 사제가 더러 눈에 띈다. 이들이 삭발하는 이유로는 머리숱이 적어서 혹은 두발 관리가 편해서 등이다.

하지만 취미 생활에는 그만한 공이 드는 법. 한때 수염을 길렀던 한 스님은 "음식물, 콧물이 자꾸 묻어서 위생 문제가 있었다"며 애로사항을 토로하기도 했다. 파마머리만큼은 아니지만 사제가 삭발한 경우에는 소위 '압력'이 들어온다. 무슨 불만 있냐는 둥, 계속 그렇게 깎을 거냐는 둥, 웬만하면 기르라는 둥 다양하다. 어느 신부님은 "머리 신경 안 쓰려고 깎았다가 주변의 관심 때문에 집중이 어려울 정도였다"라고 말했다. 마찬가지로 수염 기르는 스님들도 "나라를 구하기라도 했냐?" 같은 무언의 압력을 받는다.

튀는 스타일은 성속을 떠나서 유지하기 쉽지 않다. 혹시 주변에서 수염 기른 스님이나 삭발 사제를 본다면, 그를 부지런함과 굳건한 의지의 소유자로 봐도 무방할 것이다.

평화의 등불 들고
108산사를 가다

경북 의성 고운사, 예천 용문사, 구미 도리사. 지난 2004년 봄, 하루에 이 세 곳을 차례로 단숨에 순례한 적이 있다. 각기 다른 행정구역에 자리 잡은 산사들이다. 불교계에는 '윤달 중 하루에 각기 다른 사찰 세 곳을 순례하면 복을 받는다'라는 믿음이 있다. 그해는 음력 2월이 윤달이었다. 아무리 경상북도 내에 있는 사찰들이라 해도 아침 일찍 시작한 순례는 저녁 해가 뉘엿뉘엿 넘어갈 무렵에야 끝났다. 참가자들은 경남 함안의 한 작은 사찰 신도들. 대부분 60대 이상 고령이었음에도 '삼사순례'를 마친 얼굴엔 뿌듯한 표정이 스쳤다.

삼사순례는 부처님이 살아계실 당시에는 없던 한국적 풍경이다. 윤달에 수의를 미리 준비해 놓고, 묘를 이장하고, 이사를 하는 것과 같은 이치. 윤달이 낀 해에 불교 신자들은 꽤 열심히 삼사순례에 나선다. 이는 도로망이 발달하고 교통이 편리해지면서 가능해진 순례 방식이기도 하다.

불교계 새 풍속도는 '108산사 순례'다. 이 역시 대규모 관광버스 주차장 등이 있어 가능해진 새로운 불교 풍속도이다. 시작은 2006년 가을, 당시 서울 삼각산 도선사 주지였던 선묵혜자 스님이 이끈 순례단이 송광사로 떠난 것. '108번뇌'라는 단어에서 보듯이 108이란 숫자는 불교계에는 친숙하다. 혜자 스님은 이 '108'에서 '108산사 순례하면서 108배 기도하고 108번뇌를 소멸시키자'라는 간단한 슬로건을 걸었다. 당시 스님이 펴낸 《108산사 순례》 책자에 실린 사찰들을 차례로 모두 순례해 보자는 소박한 마음이었다.

그런데 반응은 폭발적이었다. 한 달에 한 차례 있는 108산사 순례단의 이동은 거대한 물결을 이뤘다. 한꺼번에 5천~6천 명의 대부대가 움직일 수 없어 매월 한 주를 정해 목·금·토요일로 나눠 순례했고, 사찰 입구엔 동네 주민들이 나물과 과일 등을 들고 와서 파는 즉석 장터가 열렸다. 중간에 합류한 회원을 위해 이미 순례한 사찰을 다시 도는 '2차 순례'도 벌이고 있다. 그동안 입대한 아들과 손자를 생각하며 불자들이 인근 군부대에 선물한 초코파이가 390만 개, 결연을 맺은 다문화가정이 200가구에 육박하고, 구입한 농산물도 26억 원어치가 넘는다. 웬만한 사찰엔 부처님 오신 날보다 더 많은 인원이 찾아오니 지자체 단위의 '모셔오기 로비(?)'까지 벌어질 지경이었다.

번외로 부처님 탄생지인 네팔의 룸비니동산도 다녀왔다. 당시 룸비니동산에서 옮겨 온 '평화의 등불'은 순례 가는 사찰마다 켜고 있다. 108산사 순례는 2015년 가을, 1차 대장정을 마친다.

부활절에는
왜 달걀을
주고받을까?

부활절이 가까워 오면 신문사 동료 기자 가운데 "올해는 부활절 달걀 안 오나?" 하며 은근히 기다리는 이들이 있다. 교회와 교계 기관들이 부활절을 앞두고 신문사에도 달걀 바구니를 선물로 보내오는 경우가 더러 있기 때문. 세시풍습을 담당하듯 각 종교별로 돌아오는 명절을 챙겨야 하는 종교담당 기자들에게 부활 달걀 배달은 부활절이 다가왔음을 알리는 신호다.

부활 달걀의 기원에 대해서는 여러 가지 설이 있다. 우선 달걀이 가진 생명으로서의 상징. 달걀은 겉으로 보기엔 생명이 없는 것처럼 보이지만 어미 닭이 품으면 그 안에서 병아리가 탄생한다. 한편 달걀이 돌무덤을 상징한다는 견해도 있다. 그래서 죽음에서 예수 그리스도가 부활하는 것을 상징하기에 좋다는 설이다.

역사적 의미로는 금욕의 사순절이 끝난 것을 기념하는 축제를 뜻한다는 설이 있다. 그리스도교 신자들은 부활절을 앞둔 사순절 기간에는 예수 그리스도의 수난을 묵상하며 금욕한다. 특히 중세 수도원에서는 사순절 기간 육식뿐 아니라 생선과 달걀도 먹지 않고 빵과 마른 채소만으로 식사했다. 그렇게 숨죽였던 사순기간이 끝나고 마침내 예수 그리스도가 다시 살아나신 부활절이 되면 금욕에서 벗어나게 된다.

그럼 왜 달걀일까? 우리나라도 그랬지만, 서양에서도 근대에 이르기까지 고기는 물론 달걀도 귀한 음식이었다. 지금도 독일 등의 지역에서는 아침 식사 테이블에 삶은 달걀을 올려놓고 껍질을 깨먹을 수 있는 작은 잔 모양의 계란 받침대가 놓인다. 그만큼 계란은 흔하게 먹을 수 있는 음식이 아니었던 것이다. 사순절 기간 금욕하던 그리스도인들이 육식을 재개하는 상징으로서 귀하지만 고기보다는 덜 비싼 달걀을 이웃들과 함께 나누며 예수 부활의 기쁨을 함께하게 된 것이란 이야기다.

부활 달걀이 언제부터 우리나라에 들어왔는지는 분명치 않다. 1885년 언더우드·아펜젤러 선교사가 조선 땅을 밟은 이후 퍼지기 시작했을 것으로 짐작하고 있다. 달걀은 대부분 삶아서 나누는 것이 일반적이나 최근 들어서는 찜질방에서 볼 수 있는 구운 계란도 많이 선물하고 있다.

2015년 부활절엔 '노란 리본 달걀'이 서울 명동성당에 등장했다. 세월호 사건 1주기를 앞두고 맞게 된 부활대축일이어서 그 의미를 되새기고자 노란 리본을 매거나 노란색을 칠한 달걀을 내놓은 것. 부활 달걀은 이렇게 시대와 장소에 따라 현재적 의미를 더해가며 진화하고 있다.

죽어도 좋고,
살면 더 좋고!

풋내기 종교기자 시절, 각 종교에서 죽음을 가리키는 용어가 모두 다르다는 게 쉬 적응되지 않았다. 불교만 해도 열반涅槃, 입적入寂, 원적圓寂 등이 골고루 쓰인다. 처음엔 자료를 보내오는 쪽에서 쓴 용어를 이것저것 다 그대로 썼다. 하지만 시간이 흐르면서 '입적'으로 단일화했는데 이유는 이랬다.

열반은 '불교에서 말하는 최고의 이상향'을 가리키는 말인데, 그 이상향에 진짜 가셨는지(?) 확인할 길이 없기 때문이었다. 원적은 '모든 덕이 원만하고 모든 악이 적멸한다'는 뜻이라 뺐다. 입적의 경우 '고통과 번뇌의 세계를 떠나 고요한 적정의 세계에 들어섰다'라는 뜻. 객관적으로 보더라도 이 단어는 써도 무방한 것 같아 스님들의 죽음을 가리킬 때 쓰는 용어는 '입적'으로 선택 됐다.

한편 천주교에는 '선종善終'이라는 용어 하나만 있다. 《가톨릭 대사전》에 따르면 선생복종善生福終, 즉 착하게 살다가 복되게 끝 마치는 것을 의미하는 말에서 비롯된 것으로 본다. 한국 천주교 초창기 수많은 순교자가 나오던 시절부터 쓰였다고 한다. 이 또 한 신문 용어로 쓰기에 무방하다고 생각했다.

문제는 개신교계에서 쓰는 '소천召天'이었다. 부를 소召에 하늘 천天, 글자 뜻으로만 보자면 '하늘의 부르심'이다. 개신교계에서 언제부터 이 단어가 쓰였는지는 불확실하다. 하지만 이 용어의 문법적 구성에 대해 개신교계 내부에서도 고민이 많다. '~하다' 를 붙여 동사로 쓸 수 없는 말이기 때문. 이 말에 '하다' 혹은 '했 다'를 붙일 수 있는 이는 하나님뿐이다. 그래서 정확히는 '소천됐 다' 혹은 '소천당했다'고 써야 한다. '소환'이라는 단어와 한가지 다. 그런데 '소천됐다'고 쓰자니 또 어색했다.

개신교계에서도 이 용어를 놓고 고민이 많았다고 한다. 새 용 어를 구해보려는 노력도 있었으나 아직 마땅한 대안이 나오지 않 고 있다. 그래서 나는 언젠가부터 개신교 목사님들이 돌아가셨을

196

때 기사에 '별세' 혹은 '영면永眠'이란 일반 용어를 쓰고 있다.

하지만 용어가 죽음을 거룩하게 만드는 것은 아닌 법. 죽음을 빛내는 것은 역시 생전의 종교인다움이다. 쉰이 안 돼 세상을 떠난 한 스님은 평소 이렇게 말했다고 한다.

"죽어도 좋고, 살면 더 좋고!"

그의 장례식장 앞에는 이런 꼬리표를 단 조화가 있었다고 한다.

"달은 져도 하늘을 여의지 않는다."

과연 유유상종! 생전의 그를 만나지 못한 것이 아쉬울 뿐이다.

성직자의 유학

"제가 유학 가겠다고 한 적 없습니다. 학교도 전공도 모두 교구에서 정해 주셨습니다."

로마로 유학 가서 교회법 박사학위를 받은 어느 사제의 말이다. 한 마디로 '등 떠밀려' 유학 다녀왔다는 이야기다. 천주교 사제들은 과거 유학을 떠나는 것도 자기 마음대로 할 수 없었다. 천주교에서는 사제를 양성하는 단계부터 주시하는 수많은 '눈'이 존재한다. 신학교 입학부터 자신이 출석하는 성당 사제의 추천을 받아야 한다. 이 경우 추천하는 사제를 '아버지 신부'라고 부른다. 이는 신학교 입학 후에도 마찬가지. 수시로 탈락자가 발생

한다. 그래서 졸업하고 사제품을 받을 때가 되면 당초 입학 인원의 절반이 안 되는 경우도 허다하다.

신학교 생활 중 주교와 교수 사제 등이 눈여겨보는 것은 공동체 정신이라고 한다. 교구 사제들과 어울려 살아갈 수 있는 '사제감'인지 확인하는 것. 신학교 졸업 전에는 '유학 대상'이 선정된다. 학교와 전공도 정해진다. 1950~60년대에는 주로 교황청 장학금을 받아서 유학을 갔다. 그러나 1980년대 이후로는 교구 장학생으로 유학을 가며 유학생들의 전공도 미리 결정된다. 이들이 8~10년 후 귀국해 각 지역 신학교에 교수로 배치될 즈음 '비게 될' 전공을 미리 공부시키는 것. 종종 교구의 명에 따라 현지에서 전공을 바꾸는 경우도 있다. 국내에서 교수 수급에 예상치 못한 변화가 생겼을 때다. 그래도 순명順命해야 하는 것이 사제다.

개신교 목사들의 유학처는 미국이 압도적이다. LA 인근의 풀러신학교, 필라델피아의 웨스트민스터신학교, 시카고의 트리니티신학교 등으로 많이 간다. 풀러신학교의 경우는 재학생 4,500명 중 한국 학생이 25% 정도를 차지한다고 알려져 있다. 또 신학자가 아닌 목회자의 경우는 '목회학'을 전공하는 경우가 많다는 점이 특징.

불교 스님들도 유학을 많이 떠난다. 일제 강점기부터 1970~80

년대까지도 스님들의 유학처로 일본이 압도적이었다. 그러나 1990년대 들어서면서 초기 불교를 배우기 위해 동남아로 떠나기도 하고, 역시 초기 불교 자료가 많은 영국과 독일 등 유럽으로 가는 이들도 많다. 최근엔 중국 유학도 늘고 있다.

천주교와 달리 스님들은 유학을 떠나는 것도, 전공을 택하는 것도 자신의 뜻이 중심이다. 화두를 들고 참선하는 간화선*으로 유명한 스님의 제자들이 초기 불교의 위파사나 수행을 배우기 위해 미얀마로 떠나기도 한다. 스승으로선 못마땅한 노릇이나 그래도 참는다.

지난 2011년 충남 공주 한국불교문화원에서는 간화선과 초기 불교 수행법 고수들 간의 토론회가 열렸다. 이 자리에는 간화선 선승인 고우 스님과 미얀마의 파욱 스님이 참석했다. 두 스님에게 "가장 아끼는 제자가 상대방의 수행법으로 옮겨가겠다면?"이라는 질문이 나왔다. 고우 스님은 허허 웃으며 "깨달음으로 가는 길이니 어느 길로 가든 상관없다"라고 했고, 파욱 스님은 "그런 제자는 알지 못한다"라고 했다.

---

* 간화선 : 看話禪 불교 선 수행 방법 중 하나로 화두를 사용하여 진리를 깨닫고자 하는 참선법. 우리나라의 선 수행자들 사이에서는 가장 으뜸가는 수행 으로 친다.

세상에서
가장 센 기도발

2006년 정진석 추기경의 서임식 취재차 이탈리아 로마를 방문했을 때의 일이다. 정 추기경이 숙소 인근 수도회에서 집전한 미사가 끝나자 그의 앞에는 긴 줄이 이어졌다. 그에게 안수를 받기 위해서다. 안수가 끝날 때까지 30분 이상 걸렸던 것으로 기억한다. 신기해하는 기자에게 동행한 사제는 "사제 서품, 주교 서품, 추기경 서임 직후 사제들의 첫 마음을 함께하려는 믿음 때문입니다"라고 설명했다.

이후 사제 서품식을 유심히 살펴보면 실제로 그랬다. '새 신부'가 자신의 출신 성당에서 드리는 '첫 미사' 때에도 안수를 받으려는 신자들이 길게 줄을 서곤 한다. 사제, 주교, 추기경으로서 떨리는 첫 마음을 함께 나눠 간직하고픈 마음의 발로일 것이다.

국내 어떤 종교를 막론하고 공통적으로 등장하는 단어가 '기도발' 혹은 '영발'이다. 대개의 종교에서는 이 '기도발'을 탐탁지 않게 생각한다. 기복 신앙적 요소가 다분하기 때문이다. 그러나 현실적으로 완전히 무시할 수도 없다. 각 종교별로 기도발이 잘 듣는다는 영험(?)한 장소도 공공연히 입에 오르내린다.

불교의 경우는 부처님 진신 사리를 모신 5대 적멸보궁과 관음 기도처 등이 그렇다. 천주교도 국내 각 성지에 신자들의 발길이 끊이지 않는다. 국내만 그런 것도 아니다. 프랑스 남서부 루르드는 성모 발현 성지로 유명하다. 이곳 동굴 속에 있는 샘물은 병자를 치유해주는 성수聖水로 이름나 순례객들은 이 물을 담아가곤 한다.

기복적이기는 하지만 공통점은 '간절함'이다. 간절함이야말로 인간이 기도하게 만드는 뿌리이기 때문. 그런 간절함 때문에 요한 바오로 2세 교황은 어려운 결정을 해야 할 때면 병자들의 기도를 부탁하곤 했다. 현 프란치스코 교황도 기회가 있을 때마다 "저를 위해 기도해 주십시오"라고 말한다.

취재를 하면서 신부님, 목사님께 기도와 관련해 가장 자주 들는 이야기가 "내가 원하는 것이 아니라 주님이 바라시는 것을 기도해야 들어주신다"라는 것이었다. 입시, 취업, 승진, 질병 치료 등 당면한 간절함을 넘어 더 높은 가치를 지향하는 기도를 권하는 것이다.

자신을 만나려는 사람들에게 부처님 앞에 3천배를 하고 오라고 이야기한 성철 스님도 마찬가지. 그는 늘 "나를 속이지 말라. 남모르게 남을 도우라. 남을 위해 기도하라"고 했다. 3천배를 통해 모든 것을 비우고 내려놓은 그 자리에 '나'와 '남'의 구별이 없는 본래 마음을 찾으라는 권유다.

상징을 알아야
보물이 보인다

세계 천주교의 심장인 바티칸의 성베드로대성당 앞에는 큰 석상 두 개가 나란히 서 있다. 한 사람은 손에 열쇠를, 다른 사람은 손에 칼을 들고 있다. 각각 베드로 사도와 바오로 사도이다. 이들 두 사도가 들고 있는 열쇠와 칼은, 그리스도교와 관련된 미술품이라면 조각이든 회화든 대번에 두 사도를 알아볼 수 있도록 해주는 상징이다.

베드로가 열쇠를 들고 있는 이유는 마테오복음에서 유래한다.

"나는 너에게 하늘나라의 열쇠를 주겠다. 그러니 네가 무엇이든지 땅에서 매면 하늘에서도 매일 것이고, 네가 무엇이든지 땅에서 풀면 하늘에서도 풀릴 것이다."

한편 바오로가 손에 든 칼은 순교를 상징한다. 로마 시민이었던 사울은 본디 예수를 따르는 사람들을 잡아들이던 인물로 그의 본명은 '사울'이었다. 그러나 다마스쿠스로 가던 길에 성령을 접하고 회심한 후 이방인에게 예수를 전하는 바오로 사도가 됐다. 훗날 그는 로마에서 참수당해 순교했다. 이런 맥락에서 바오로는 칼을 든 모습으로 상징화되고 있는 것.

성화聖畵에는 이밖에도 인물을 구분할 수 있는 상징이 배치되는 경우가 많다. 동굴 속에 한 노인이 글을 쓰고 있고, 그 곁에 사자가 누워 있다면 주인공은 성 히에로니무스다. 성 히에로니무스(제롬)는 히브리어 성경을 라틴어로 번역한 그리스도교 초기 성인. 사막의 동굴에서 수십 년 동안 홀로 수행하면서 성경을 번역한 것으로 유명하다.

그럼 사자는 왜 함께 있을까. 이는 히에로니무스가 사자의 발에 박힌 가시를 뽑아 줬더니 사자가 은혜를 갚기 위해 그의 주변을 떠나지 않았다는 전설에서 비롯된다. 르네상스 시대의 천재 화가 레오나르도 다빈치를 비롯해 무수한 예술가들이 즐겨 그린 성화의 소재이기도 하다.

심지어 16세기 중국의 그림 중에 〈사자인물도〉라는 그림이 있다. 이 그림에는 중국 풍경화 같은 배경에 한 남자가 누워 있고 곁에는 사자 한 마리가 있다. 여기서도 사자 덕분에 이 그림의 주인공이 히에로니무스임을 알 수 있는 것. 예수회에 의해 중국에 천주교가 전래된 이후 천주교 전통을 설명하기 위해 그려진 그림인 것으로 보인다.

그러고 보면 불교 미술에서도 주인공을 단박에 알려 주는 상징들이 수두룩하다. 불화佛畵에서 손에 유리병을 든 인물이 등장하면 관음보살 혹은 약사여래다. 관음보살이 들고 있는 병은 '정병淨甁', 깨끗한 물을 담는 병이다. 고통 받는 중생들에게 나눠 줄 감로수인 것이다. 관음보살은 오른손에 정병을 들고 있거나, 수월관음도 등에선 선재동자가 정병을 들고 있는 모습으로 그려지곤 한다. 정병은 호리병 모양이다. 중생의 질병을 고쳐 주는 약사여래는 왼손에 작고 납작한 약병을 들고 있다. 그래서 병 모양과 병을 어느 쪽 손에 들고 있느냐에 따라 관음보살과 약사여래를 구분할 수 있다.

그밖에 많은 불상들은 손 모양으로 '정체성(?)'을 드러내는 경우도 많다. 양손의 엄지손가락을 맞대고 손바닥이 위로 가게 단전 앞에 모으는 참선 자세인 '선정인'을 비롯해 오른손 엄지와 검지로 원을 만드는 자세인 '전법륜인' 등이 있다. 석굴암의 본존

불은 다리 위에 걸쳐 놓은 오른손 손가락이 모두 아래로 향한 모습, 즉 '항마촉지인'이다. 이는 부처님이 수행을 방해하는 모든 악귀를 물리치고 깨달음을 얻었음을 지신地神이 증명했다는 의미다.

이처럼 종교미술 작품들은 한정된 화면 혹은 조각에 최대한 많은 의미를 집어넣기 위해 무수한 상징을 사용한다. 그래서 내용을 알고 보면 동서양 정신문화의 다양한 전설과 설화를 배울 수 있는 보물창고가 바로 종교미술인 셈이다.

깨달음은 그렇게
익어갑니다

수녀들이 부르는 성가 합창은 소름 돋을 듯 청아한데 정작 소리의 주인이 안 보였다. 녹음을 튼 건가 싶었지만 그들은 분명 같은 공간 안에 '숨어' 있었다. ㄱ자 모양 성당의 신자석에선 꼭짓점에 있는 제대만 보이고 90도 꺾인 저편 수도자석이 보이지 않았기 때문이다. 함께 미사를 올리면서도 수도자들은 속세 사람들과 눈빛도 섞지 못하는 곳, 바로 '봉쇄수도원'이다.

지난 2005년 찾았던 경기 양평의 성 클라라수도원 풍경이 이랬다. 봉쇄선을 한 번 넘어가면 죽어서도 안 나오는 곳. 피붙이라도 창살을 사이에 두고서야 '면회'할 수 있는 곳 말이다. 이들이 스스로 봉쇄하는 까닭은 하느님과 1대1로 만나기 위해서다. 봉쇄수도원은 그리스도교 초기 사막에서 숨어서 수도생활을 하던 '은수'의 전통에서 비롯됐다. 막막한 사막에서 온전히 혼자 하느님과 나누는 대화, 바로 '관상'이다. 트라피스트 수도회 등 남자 수도회도 있지만 국내에도 유명한 가르멜수도회와 성 클라라 수도회 등 여자 수도회가 대부분이다. 클라라수도원의 경우는 아시시의 프란치스코 성인과 동시대에 수도원 운동을 이끌었던 클라라 성녀로부터 시작됐다.

봉쇄수도원의 생활은 기도와 침묵에 초점이 맞춰 있다. 하루 2~3시간 공동 휴식 외에는 독방에서 생활하며 식사나 작업 때도 침묵 또 침묵한다. 한국에서는 가르멜여자수도원 8곳, 성클라라수도회 6곳 등 전국 20곳 280여(2013년 말 기준) 남녀 수도자가 오늘도 정적 속에서 하느님의 말씀을 듣고 있다.

가톨릭에 봉쇄수도원이 있다면 불교엔 무문관無門關이 있다. 봉쇄수도원은 안에서, 무문관은 밖에서 문을 걸어 잠근다. 짧게는 3개월, 길게는 10년까지 작정하고 들어가는 무문관에서 세상과의 통로는 하루 한 번 열리는 가로세로 30㎝ 남짓의 밥 구멍 하나뿐.

법정 스님과 고은 시인의 은사인 효봉 스님은 일제 강점기 판사를 지내다 출가한 사연으로도 유명하다. 그가 금강산 법기암에서 수행할 때 바로 무문관에서 수행을 했다. 석두화상을 은사로 머리를 깎고 5년이 지났음에도 공부에 진척이 없자 1930년 늦봄, 법기암 방 한 칸에 들어앉아 스스로 독방 생활을 시작한 것.

하루 한 끼만 먹으며 정진한 효봉 스님은 드디어 이듬해 여름, 벽을 발로 차 부수며 뛰쳐나와 오도송고승들이 부처의 도를 깨닫고 지은 시가을 읊고 스승으로부터 깨달음을 인가 받았다. 당시만 해도 무문관은 문자 그대로 방 하나만 달랑 있었던 구조. 그래서 이런 전설이 더해진다. 수염과 머리카락이 제 멋대로 자란 효봉이 시퍼런 안광을 내뿜으며 벽을 무너뜨리고 나왔을 때, 방안에는 그가 1년간 눈 똥이 절반을 차지하고 있었다는…….

지금의 무문관은 효봉 스님 때와 다르다. 설악산 백담사 무금선원 무문관과 계룡산 대자암 무문관 등은 작은 방에 소형 냉장고, 전자레인지, 커피포트, 이불 한 채 그리고 좌복방석 한 개가 있다. 요즘 말로 '럭셔리 룸'이다. 하지만 그 럭셔리 룸이 100평 아니 1,000평이면 뭐 하나? 그 방엔 본인과 화두 밖에 없는데. 생사필生死必, 즉 생사 문제를 타파하겠노라며 자청한 독방 수감 생활의 본질은 똑같다.

무문관에선 하루 한 번 빈 그릇이 나오지 않아도 며칠은 그냥 둔다. 화두 삼매에 빠져 있는 경우도 있기 때문이다. 이럴 때면 밖의 사람들이 긴장한다. 도인 탄생이 임박한 사인인가 싶어서다. 때로는 심신이 탈진한 스님이 실려 나가기도 한다. 과거에는 무문관에서 입적하는 경우도 있었다. 탈진해서건 입적해서건 방이 비면 바로 다음 대기자가 들어가고 또 밖에서 자물쇠를 채운다.

교황들이 봉쇄수도원에 기도를 부탁하고, 불교에서 무문관 선승들을 '에너지원'이라 부르는 것은 절대 고독 속 수행과 기도의 힘을 알고 믿기 때문이다.

"노망이 들어 무문관에 있습니다. 금족 생활을 하기 때문에 전화 못 받습니다."

2014년 12월 초, 스님들이 음력 10월 15일부터 이듬해 1월 15일까지 일정한 곳에 머물며 도를 닦는 동안거 직전 설악산 신흥사의 오현 스님은 지인들에게 이런 문자 메시지를 보냈다. 늘 '떨어진 중'을 자처하던 그는 1998년 선원이 없던 백담사에 무금선원을 열고 선승들의 수행을 지극정성으로 뒷바라지 해왔다. 그러던 그가 자신이 만든 곳에 스스로 들어간 것이다. 과거에 없던 일이다. 스스로 '노망'이라고 부른 이유도 그 때문이었을 것이다. 유난히 추웠던 그해 엄동설한, 문 없는 방에선 수행과 기도가 더 뜨겁게 익어갔다.

이야기
넷

모든 이에게 따뜻한 풍경

명동성당
강아지가
삼종기도하는 법

경북 봉화 읍내에서도 약 20여 분 꼬불꼬불 산길을 돌아가면 마주치는 금봉암. 그 마당에서 가장 먼저 손님을 맞는 것은 금돌이, 개다. 작은 송아지만 한 이 녀석은 어슬렁어슬렁 손님 곁을 배회하다가 주인인 고우 스님을 따라 툇마루까지 올라온다. 그러곤 스님과 손님이 차 한잔 들며 담소를 나누는 동안 앞다리 뻗고 엎드려 귀를 쫑긋 세운다. 마치 뭘 안다는 듯.

'개에게도 불성佛性이 있나 없나'는 선가의 오랜 화두 중 하나. 그러나 당대 최고의 선승 중 한 명으로 꼽히는 고우 스님은 그런 화두 따위는 넘어선 지 오래다. 상좌들도 공부하라고 다 절에서

내보내고 공양주 보살과 사는 고우 스님은 금돌이를 후배 도반_함
_{께 도를 닦는 벗} 대하듯 한다. 사실 독신으로 가족도 없이 살아가는
종교인들의 처소는 행사 후에는 적막강산이 된다. 오죽하면 천
주교 고참 사제들과 주교들 사이엔 이런 말이 돈다. '해 저문 저
녁, 복도 저쪽에서 내 방을 향해 발자국 소리가 들리면 벌써 마
음이 들뜨기 시작한다. 누군가 날 찾아오는 줄 알고. 그런데 그
발자국 소리는 항상 다른 방에서 멈춘다. 어김없이……'

　그래서인지 스님이나 신부님들 중에는 반려동물을 키우는 분
들이 많다. 사냥 본능이 남아 있는 고양이보다는 개를 많이 키우
는 편이다. 진돗개를 비롯해 일반 가정에서 키우는 견종은 다 있
다고 보면 된다. 경기 여주 신륵사엔 천연기념물인 삽살개가 산
다. 삽살개를 보존하는 삽살개 재단이 정부 등 관련 기관의 지원
을 받기 위해 아이디어를 짜내다 "천연기념물이 국보·보물을
지킨다"라는 콘셉트로 보내 준 개들이다. 신륵사 주지 시절 삽살
개를 입양한 세영 스님은 "긴 털을 날리며 달려오는 모습은 사자
한 마리가 달려오는 것처럼 보여 든든하다"라며 좋아한다.

　서당 개 삼년이면 풍월을 읊는다고들 하는데, 가만 보면 서당
개뿐만 아니라 '절 개'나 '성당 개'도 뭔가 좀 다른 구석이 있다.
천주교 서울대교구 주교관에는 커다란 개 연지가 있었다. 원래

암컷인 연지와 수컷인 곤지가 함께 들어왔는데 곤지는 먼저 가고 연지만 남았던 것. 10년 넘게 주교관 마당을 지킨 연지는 영물이 다 됐다. 특기는 삼종기도 참례. 아침, 점심, 저녁에 세 번 전자종소리로 삼종기도 종이 울리면 허리를 곧추세우고 '우우~' 하고 울었다. 처음에 사람들은 종소리 때문에 우는 줄 알았다.

그런데 한번은 정전이 되는 바람에 점심 때 울려야 할 종이 오후 2시에 울린 적이 있었다. 그때도 연지는 정오에 딱 맞춰서 울었다고 한다. 주교급 사제에겐 안 짖고 평사제한테만 짖는다는 이른바 '서열화' 소문도 있었지만, 자주 보는 사람을 반기는 것이라는 게 중론. 그렇게 영특했던 연지도 2015년 봄 세상을 떠났다. 연지가 평생 함께 했던 사제와 신자들이 잠들어 있는 경기도 용인 가톨릭묘지 어딘가에 묻혔다는 후문도 있다.

수려한 풍광으로 유명한 경북 봉화 청량사. 여러 해 전 주지 지현 스님과 차를 마시고 있을 때였다. 창문 바로 옆으로 다람쥐가 오더니 태연히 과일 조각을 양손으로 들고 먹었다. 지현 스님은 "처음엔 먹을 걸 줘도 망설이더니 이젠 당연히 제 밥그릇인 줄 알고 와서 여유 있게 먹는다"라고 했다.

그런 지현 스님에게 최근 새 도반이 생겼다고 한다. "초등학교 2학년 친구가 스님이 심심하다며 방울소리 요란한 흰 강아지를 한 마리 선물했다. 오늘 아침엔 이 아이와 한참 놀았다"라는 글과 함께 동영상 하나가 스님의 SNS에 올라왔다. 동영상 속에선 주먹만 한 깜찍한 강아지가 탁자 위에서 제자리를 맴돌며 깡총거리고 있었다. 그 강아지의 종種은? 장난감이었다.

법문 읊는 래퍼들

2014년 7월 7일 오후, 서울 조계사 대웅전 앞마당에 특설무대가 설치됐다. 무대 앞 청중석엔 '염불의 레전드 청암사 승가대학', '염불은 내 운명' 등을 적은 색색깔의 손팻말이 물결쳤고 응원 함성도 넘쳐났다. 이날은 조계종 교육원이 주최한 '제1회 전국학인 염불시연대회'가 열린 날. 학인은 정식 구족계俱足戒를 받아 비구나 비구니가 되기 전인 사미 혹은 사미니들로, 승가대학에 재학 중인 예비 스님들을 가리킨다. 이 대회엔 해인사 · 수덕사 · 불국사 · 통도사 · 봉녕사 · 동학사 · 운문사 · 처암사 등 전국 승가대에서 개인 부문 108명과 단체 12개 팀이 참가했다.

막이 오르자 이 대회가 얼마나 파격적인지 단번에 드러났다. 분명 가사는 "마하반야밀다심경~"으로 시작하는 반야심경이 맞는데 리듬은 속사포 랩이었다. 무대에 같은 학교 출신이 오를 때마다 청중석에선 열띤 응원과 함성소리가 요란했다. 〈수퍼스타K〉나 〈나는 가수다〉 등의 오디션 프로그램을 방불케 했다. 차이가 있다면 무대 위에 오른 이들도 청중석의 응원단도 빡빡머리에 밀짚모자 쓴 이들이 많았다는 것. 학인들은 그 또래의 일반인들 못지않은 실력으로 랩과 율동도 풀어놓았다. 과연 신세대 스님들다웠다.

개인부는 '이산 선사 발원문', '경허 선사 참선곡' 등 '지정염불'과 자신의 창작 염불을 선보이는 '자유염불' 종목으로 치러졌다. 심사기준은 대중성, 창의성 그리고 목탁 등 법구 활용성. 개인부와 단체부 대상은 각 상금 3백만 원씩이었다.

조계종 교육원이 염불시연대회를 연 것은 최근 염불이 수행생활에서 너무도 멀어졌다는 반성 때문이었다. 교육원장 현응 스님은 "염불은 불교의 전통 수행법이자 발원發願, 치유의 방편이었는데 최근 들어 의례 때 듣기만 하는 것으로 잘못 이해되고 있다"라고 했다. 그는 "오죽하면 불자들도 일상생활에서 무슨 일이 생기면 '아이고, 관세음보살'이 아니라 '오 마이 갓'을 외칠 지경"

이라는 말도 덧붙였다.

　이런 문제의식으로 개최된 행사였지만 참여 열기는 예상을 뛰어 넘었다. 원래 대회는 2014년 7월 16일 하루만 한국불교역사문화기념관 전통문화예술공연장에서 열릴 예정이었다. 그런데 참가신청이 몰리면서 예심과 본심으로 나눌 수밖에 없었다. 그러다 보니 대회 날짜도 하루 미뤄서 예심은 한국불교역사문화기념관 국제회의장과 2층 회의실, 템플스테이통합정보센터 등 무려 3곳에서 나눠 치렀다. 예심에서 이렇게 치열한 경쟁을 통과한 개인부 10명, 단체부 4팀이 조계사 특설무대 본심에 올랐던 것.

　승가대학 사이의 경쟁도 치열했다. 각 승가대는 큰 사찰에 속해 있어 사찰의 명예가 걸린 셈이기 때문이다. 얼마나 치열하게 연습했는지는 경연 무대에서도 그대로 드러났다. 청중들은 흔히 볼 수 없는 광경에 매료됐다. 함께 손뼉치고 즐거워하면서 진작 이런 행사를 했으면 좋았을 거라는 탄성이 청중석에서 들렸다.

　열띤 경연 끝의 시상식. 여기서도 '여성 파워'가 거셌다. 단체 대상은 〈불러요 다라니〉를 부른 청암사 승가대팀, 개인 대상은 운문사 승가대 보견 스님이 수상했다.

　사실 힙합과 불교의 만남은 이게 전부가 아니다. 2014년 8월 발매된 〈성철 스님 육성과 함께 듣는 음악법문-성철 이야기〉.

"교도소에서 살아가는 거룩한 부처님들, 오늘은 당신네의 생신이니 축하합니다. 술집에서 웃음 파는 엄숙한 부처님들, 오늘은 당신네의 생신이니 축하합니다~"

성철 스님의 저 유명한 〈1986년 부처님 오신 날 법어法語〉 사이사이에 "예~", "오~" 하는 추임새와 흥거운 리듬이 이어졌다. 성철 스님이 깨달음을 얻고 읊은 〈오도송〉 그리고 입적 전에 남긴 〈열반송〉 등 게송 30여 편과 성철 스님의 육성을 담아 백련불교문화재단(이사장 원택 스님)이 펴낸 이 음반에 랩이 포함된 것. 우리 불교계에선 유례가 없는 파격이었다. 백련불교문화재단은 이 음반의 호평에 힘입어 2015년 11월엔 "성철 스님 래퍼되다"라는 주제로 랩 창작곡 대회도 연다. 성철 스님 법어를 주제로 4분 이내 랩과 힙합 창작곡을 선보이는 자리다.

사실 학인 스님들의 랩 염불이나 성철 스님 법어를 랩으로 편곡한 것 모두 불교적으로 봤을 땐 특별한 일이 아닐지 모른다. 한국의 간화선은 말로 표현되는 수준을 넘어선 어떤 경지를 추구하는 수행법 아닌가. 랩이건 타령이건 어차피 달을 가리키는 손가락, 똑바로 봐야 할 것은 달일 뿐이다.

사경寫經,
글자로 말하는 신앙심

가로 85㎝ · 세로 125㎝ · 무게 78㎏짜리 초대형 필사본, 화선지 1,426장에 붓 43자루와 먹물 23L를 쓴 작품, 한글 · 영어 · 중국어 · 일본어 등 4개 국어로 쓴 성경책……. 2014년 CBS기독교방송이 개최한 '한국교회 성경필사본 전시회'엔 기네스북에 오를 정도로 특별한 성경 필사본 300여 점이 선보여 눈길을 끌었다. 하나같이 특별한 사연을 담아 손으로 한 글자씩 정성들여 적은 성경들이었다.

경전 필사는 문자의 정착과 역사를 함께한다. 암송으로 전해 오던 각 종교 창시자의 육성이 문자로 정착되면서, 대량 인쇄

술이 생기기 전까지 직접 붓이나 펜으로 베껴 적었던 것. 특히 서양 중세시대 수도사들은 구약과 신약 등 성경뿐 아니라 그리스·로마의 고전들을 필사하는 것이 중요 임무였다. 움베르토 에코의 소설《장미의 이름》에서 보듯이 필사는 인류의 지식과 지혜를 고스란히 간직해 후대에 전해 주는 통로였다.

반면 디지털 시대의 사경寫經은 기능적인 면보다는 신앙심을 표현하는 하나의 방법이다. 개신교·천주교·불교계에서는 필사를 위한 노트도 판매된다. 구약 140만 자, 신약 44만 자에 이르는 한글 성경을 손으로 베껴 쓸 경우 평균 3년 반이 걸리는 것으로 계산한다. 다른 일 하지 않고 오로지 필사에만 매달리면 1년 만에 마치기도 한다. 큰 결심이 아니면 결코 시작할 수도 없고 끝내기는 더욱 어려운 일이다.

불교에서도 사경은 수행의 중요한 방편이다. 한 글자를 새기기 전에 절을 3번씩 올렸다는 팔만대장경까지 갈 것 없이 5,100여 자에 이르는 금강경을 비롯해 경전의 글자를 붓으로 한 자씩 써가는 동안 탐내고 성내는 어리석은 마음이 저절로 사라지고 환희심을 느끼게 된다는 것. 불상이나 석탑의 내부에선 천년 전의 사경이 발견되는 경우가 허다하다.

그래서 필사에 빠진 사람들은 한 번에 그치지 않고 평생에 걸쳐 이를 거듭하게 된다고 한다. 이처럼 신앙심을 담아서 하는 사경이기 때문에 그 과정에서 기적 같은 일들도 수두룩하게 전해 온다. 병이 치유되고 고민하던 일이 잘 해결됐다는 내용부터, 한글을 모르고 장년이 된 상태에서 필사를 통해 한글을 터득했다는 사연도 있다.

최근엔 각자의 종교를 넘어 개신교·천주교 신자가 금강경, 반야심경 등 불교 경전을 필사해 사찰이나 인연 있는 스님에게 선물하는 사례도 생겨나고 있다. 지극한 신심이 이웃 종교에 대한 이해와 배려로까지 나아가는 셈이다.

스님은 축구광,
사제는 야구광?

스님들은 어떤 스포츠 종목보다도 축구를 유달리 좋아한다. 축구공과 공터만 있으면 별다른 장비 없이 사찰에서도 할 수 있는 운동이기 때문이다. 월드컵이 있는 해 하안거 때는 중계를 틀어주는 선원에 지원자가 몰린다는 말이 있을 정도다.

축구로 유명한 사찰은 해인사. 해인사 승가대학 축구팀은 전국 최고 전력으로 유명하다. 약 40년 전 스님들의 체력 단련을 위해 시작된 것으로 전해지는데 워낙 인기가 높아 오죽하면 해인사 승가대학 출신 스님들이 축구를 정규 과목처럼 열심히 했다고 회고할 정도. 전북 남원 실상사 주지를 지낸 뒤 5년에 걸쳐 생명평화탁발순례단을 이끌고 전국 방방곡곡을 도보 순례한 도법 스님도 왕년의 해인사 축구선수 출신이다.

해인사 축구가 지닌 비장의 무기는 바로 '잔디 구장'. 지난 2002년 월드컵 때 잔디를 깔았다. 전국 사찰 중 유일하다. 해인사는 매년 단오 때면 단오축구대회를 연다. 해인사 승가대학 1~4학년 학인들이 한 팀, 선방 스님들이 한 팀, 지역 공무원과 상인 등 모두 8개 팀이 참가해 자웅을 겨룬다. 경기 때면 스님들은 승복 대신 유니폼으로 갈아입고 진짜 선수 못지않은 자태를 뽐낸다.

한편 천주교 사제들은 최근 들어 야구 사랑이 각별하다. 서울대교구, 광주대교구, 인천교구, 의정부교구에는 사제들로 구성된 야구단이 있다. 최근에는 대구대교구에도 야구단이 창단됐다. 교구별로 직원, 신자 야구팀과 경기도 벌이고 교구사제단끼리 리그전도 벌인다. 염수정 추기경이 교구장인 서울대교구 야구단의 이름은 '카디널스Cardinals'다.

천주교 사제들이 축구보다 야구를 즐기는 데 특별한 이유는 없다. 다만 단체생활을 하는 스님들의 경우엔 언제든 공 하나 들고 모여 축구를 즐기기 쉽지만 각 성당별로 흩어져 사목활동을 하다 매주 월요일 하루만 쉬면서 시간을 맞출 수 있는 사제들에겐 야구가 더 적합했던 모양이다. 인천교구 정신철 주교는 쉰이 넘은 나이에도 인천교구 야구단 주전 투수로 활약하고 있다. 일주일에 한 번 연습하고 경기하지만 경기력도 만만치 않다. 2014년 10월 인천 문학경기장에서 열린 '교황방한기념 사제야구단 올스타 대 연예인야구단 올스타 시합'에선 사제 올스타가 13-9로 승리하기도 했다. 당시 사제야구단 단장을 맡았던 의정부 교구 이정훈 신부는 "그쪽(연예인들)에서 봐줘서 이겼지요"라며 수줍게 웃었다.

그 모습 그대로,
좌탈입망

신문과 방송에선 몇 가지 금기사항이 있다. 가령 조간신문의 경우 과거엔 원숭이 사진을 쓰지 않았다. 아침에 원숭이를 보면 재수없다는 속설 때문이었다. 시신의 경우는 말할 것도 없다. 그런데 지난 2003년 12월, 국내 일간지에 시신 사진이 실렸다. 금기를 깰 때에는 다 그만한 이유가 있는 법.

사진의 주인공은 전남 장성 고불총림 백양사 방장 서옹 스님 1912~2003이었다. 조계종 종정을 지낸 서옹 스님은 만 90세가 넘은 나이에도 새벽 예불에 참석하고 후배들의 참선 수행을 지도하는 등 솔선수범하는 것으로 유명했다. 그랬던 스님이 마지막 순간 좌선하듯 가부좌한 채 양손은 단전에 가지런히 모으고 고개만 약간 뒤로 넘어간 모습으로 입적한 것. 바로 '좌탈입망座脫立亡'이었다. 이 모습을 백양사가 공개하자 일간지들이 이를 보도한 것이다.

불교계에서 좌탈입망은 선승의 생전 수행력을 보여 주는 지표로 여긴다. 죽음마저도 자유자재로 다룬다는 의미도 있다. 역사적으로는 중국 선종의 3조祖 승찬 대사가 나뭇가지를 잡고 입적했다고 하며, 당나라 때의 등은봉 선사는 물구나무를 선 채로 입적했다는 전설이 전해진다. 근대 이후 우리나라에서는 한암 선사가 좌탈입망한 사진이 남아 있다.

"천고에 자취를 감춘 학이 될지언정 봄날 말 잘하는 앵무새 재주는 배우지 않겠다"라며 서울을 떠나 오대산 월정사와 상원사에서만 수행한 것으로 유명한 한암 스님은 6·25때 상원사를 지킨 것으로도 잘 알려져 있다. 당시 국군은 작전상 필요하다며 상원사를 불태우려 했다. 이에 한암 스님은 잠시만 기다리라며 가사와 장삼을 갖춰 입고 좌정한 후 "이제 됐다. 불 지르라"고 말했다. 그 바람에 국군은 문짝 하나만 떼어내 불태우고는 철수해 상원사가 전화를 피할 수 있었다고 한다.

한암 스님은 이 사건이 있고 불과 몇 개월 후 좌탈입망했다.

한국 근현대 불교사에서는 서옹 스님의 스승인 만암 스님 역시 좌탈입망한 것으로 알려져 서옹 스님은 사제가 모두 좌탈입망한 것으로 화제가 되기도 했다.

2010년 늦가을의 어느 날, 일간지 종교 담당 기자들에게 부고가 전해졌다. 한국 천주교 노동사목의 대부로 불리던 미국 출신 도요안 신부의 선종 소식이었다. 살레시오회 소속 선교사로 1957년 한국에 첫 발을 디딘 도 신부는 김수환 추기경의 부탁으로 노동사목을 담당하며 평생을 노동자들을 위해 헌신한 분이다.

그는 소아마비를 비롯해 신장암, 척추암 등으로 평생을 고통 속에 살았다. 그러나 마지막 순간, 그는 자신의 사무실 의자 위에 앉아 다리를 꼬고 앉은 채 그대로 숨을 거뒀다. 자신이 쓰고 있던 책과 관련된 자료를 찾고 있던 중이었다. 평소 자신이 해오던 일을 하던 그대로, 고통없이 세상을 떠난 도 신부의 마지막 모습 역시 현대적 의미의 좌탈입망이 아닐까.

하나님도
모르시는 것?

　2005년 대한불교조계종은 CI, 그러니까 일종의 상징 문장을 발표했다. 불佛, 법法, 승僧을 상징하는 점 3개를 원이 둘러싼 형상이다. 지금은 조계종의 모든 문서와 가사 등에 이 문양이 새겨져 있다. 당시 종교계로서는 이례적이자 선진적인 CI 발표였다. 그러나 속내를 보면 그런 이유가 전부는 아니었다. 난립한 군소 종단들이 저마다 '조계종'이란 이름을 쓰고 있어 '대한불교조계종'과 구분이 잘 되지 않았기 때문. 이 때문에 CI를 만들면서 '상표권'에 대한 단속도 강화했다.

　현재 사단법인 한국불교종단협의회에 소속된 불교 종단은 모두 29개. 대한불교조계종, 한국불교태고종, 대한불교천태종, 대한불교진각종, 대한불교관음종 등이다. 대개 불교 종단의 작명은 '대한불교ㅇㅇ종'이다. 보통은 앞의 '대한불교' 혹은 '한국불교'를 빼고 '조계종', '태고종' 등으로 쓰다 보니 초보 종교 담당 기자는 가끔 '한국불교조계종' 혹은 '대한불교태고종'이라고 잘못 쓰는 실수를 하기도 한다. 종단협에 등록된 종단은 29개이지만 한국에서 활동하는 불교 종단 수가 얼마인지는 아무도 모른다. 사찰 1개로도 ㅇㅇ종을 붙이는 종단이 있기 때문이라는 것이 불교계 인사들의 말이다.

이런 현상은 개신교도 마찬가지다. 흔히 개신교계에서 '장ㆍ감ㆍ성'이라 불리는 장로교, 감리교, 성결교단이 전체 교회의 대부분을 차지한다. 하지만 여기서도 분류하기 시작하면 끝이 없다. 장로교의 경우 대한예수교장로회(합동)과 대한예수교장로회(통합)이 장자長子 교단으로 불리지만 한국기독교장로회(기장), 대한예수교장로회 고신총회(고신) 등도 장로교 교단이다. 성결교 역시 크게 기독교대한성결교회(기성)와 예수교대한성결교회(예성)로 나뉜다.

개신교인이 아닌 경우 혹은 개신교인의 경우에도 각 교단 이름의 '예수교'와 '기독교', '대한'과 '한국'이 어떻게 다른 뜻으로 쓰이는지는 잘 모른다. '대한'이 '기독교' 혹은 '예수교' 앞에 붙기도 하고 뒤에 가기도 한다. 또 일상 언어에서는 비슷한 뜻으로 쓰이는 '합동'과 '통합'이 어떻게 구분되는지 일반인들로서는 알쏭달쏭하다.

이렇게 비슷비슷해 보이는 교단들이 많은 것은 큰 뿌리는 대개 같기 때문. 개신교가 130년 역사를 지나면서 이런 저런 이유로 교단이 나뉘게 되었고 모르는 사람이 보기엔 암호 수준으로 이름이 어려워진 것이다. 그래서 개신교계 인사들 사이에선 "한국 개신교 교단이 몇 개인지는 하나님도 모르실 것"이란 이야기가 나온다.

템플스테이
그리고 소울스테이

문제 : 2002년 한·일 월드컵이 불교에 남긴 선물은?

정답 : 템플스테이!

2002년 월드컵을 일본과 함께 치르게 된 한국. 월드컵 기간 중 찾아올 수많은 외국인들에게 효과적으로 한국의 전통문화를 소개할 방법을 찾다가 템플스테이에 착안했다. 전국의 수려한 산과 계곡마다 자리한 전통사찰에 머물며 사찰의 일상을 체험해 보도록 하자는 취지였다. 결과는 대성공. 2002년 당시 33곳의 사찰로 시작한 템플스테이는 2015년 현재 122곳으로 늘었다.

이제 웬만한 사찰은 템플스테이 프로그램을 갖추고 있다고 보면 될 정도다.

절에서 1박 이상 머물며 사찰 체험을 한다는 기본 골격을 유지한 가운데 프로그램도 세분화되면서 더욱 풍성해졌다. 불교 문화 체험형, 전통문화 체험형, 생태 체험형, 수행 체험형, 차茶 문화 체험형 그리고 어린이와 외국인 참여형 프로그램들이 계속 고안되고 있다.

'아무 것도 안 하기'형도 있다. 격렬하게 아무 것도 하기 싫은 현대인들이 산사에서 푹 쉬면서 힐링할 수 있는 프로그램들이다. 당초 외국인들을 대상으로 한국 문화를 알린다는 취지로 시작했지만 내국인들이 더욱 즐기는 것이 템플스테이이기도 하다. 정작 우리 국민들도 사찰 문화를 잘 모르기 때문에 가족 단위 참가자들도 많다.

템플스테이는 '단기출가학교'로 진화하기도 했다. 강원 평창 월정사에서는 2005년 단기출가학교를 시작했는데, 이는 길어야 1주일 정도였던 템플스테이가 아니라 1개월 기간 동안 실제로 삭발하고 행자 생활을 하는 것. 출가의 경계에서 망설이는 이들을 위한 프로그램이다. 출가에 대한 관심과 뜻은 있지만 막상 실행하기는 두려운 이들이 체험 후에 결정하도록 돕는 것. 10년간

이 '학교'를 졸업한 2,000명 중 10%가 실제로 출가했다.

얼마 전 천주교에서도 '스테이'가 시작됐다. 천주교 대구대교구 제4대리구가 2015년 6월부터 시작한 '소울스테이'다. 천주교의 영성 수련 전통도 매력적이다. 성 베네딕도회 왜관 수도원의 새벽 미사 때 수도복을 입은 수도자들이 침묵 속에 입장해 그레고리안 성가를 부르는 모습은 장엄하고 아름답다. 피정의 집에선 침대와 책상, 성경 그리고 벽에 붙은 십자가 외엔 아무 것도 없는 방에서 홀로 기도하는 가운데 하느님을 만날 수 있다. 사찰의 선원과 다를 바 없는 수행의 공간인 셈.

'소울스테이'는 불교의 템플스테이를 벤치마킹해 천주교의 매력적인 수련 전통을 신자뿐 아니라 일반인에게도 널리 알리자는 취지로 경상북도의 예산 지원을 받아 11곳의 수도원에서 시작했다. 왜관수도원은 수도생활 체험, 한티(칠곡) · 평화계곡(성주) · 갈평(포항) 피정의 집은 기존 프로그램에 비움과 느림, 성찰 등의 주제를 접목했다.

또한 들꽃마을 · 민들레공동체(이상 포항) · 성 요셉 재활원(고령) 등의 복지시설은 봉사활동과 힐링을 연계했다. 울릉도의 도동 · 천부성당은 울릉도의 자연을 만끽할 수 있는 섬 둘레길 걷기 같은 프로그램으로 참가자를 손짓하고 있다. 시작한 지 2개월

남짓한 2015년 8월 기준으로 참가자는 400명 정도. 홍보가 덜 된 것치고는 적지 않은 숫자다.

천주교의 경우, 전국의 수도원과 피정의 집이 모두 '스테이'로 활용가능한 장소다. 그렇지만 '점잖은' 천주교계는 신자 아닌 일반인들에게까지 이들 시설을 개방해 소개하지는 않는다. 사실 불교 템플스테이도 처음부터 사찰들이 호의적이지는 않았다. '왜 사찰의 생활을 일반인들에게 공개해야 하느냐', '수행 분위기 흐린다'는 반론도 있었다. 그러나 막상 산문山門을 열고 보니 득이 더 많았다. 그래서 지금처럼 확산된 것이다. 대구대교구의 '소울스테이' 실험이 전국적으로 확산될 수 있을지 주목된다.

삼소회

"저희는 여성 '성직자'가 아니라 '수도자'들입니다."

종교 담당 초기, '삼소회三笑會' 모임을 취재하다가 한 회원으로부터 이런 말을 들었다. 삼소회는 천주교, 성공회, 불교, 원불교 등 4대 종교의 여성 수도자 모임. 이웃 종교 사이의 울타리를 여성이라는 공통분모로 뛰어넘어 국내외의 어려운 이웃을 돕는 단체였다. 그런데 내가 무심코 '여성 성직자 모임'이라고 말했더니 그게 아니라고 한 것이다.

과연 그랬다. 불교 비구니와 원불교 여성교무는 '성직자', 천주교와 성공회 수녀는 '수도자'였다. 비구니와 여성교무는 예식을 주관할 수 있지만 천주교와 성공회 수녀는 미사를 집전할 수 없기 때문이다. 그러나 성직자는 아니어도 진리의 길을 걸어가는 '수도자'라는 점은 공통. 그래서 삼소회는 '여성 수도자 모임'이었다.

그 얼마 후, 어느 수녀회의 창립 50주년 기념식을 취재하러 갔다가 깜짝 놀랐다. 단상엔 수녀의 자리는 하나도 없었다. 그도 그럴 것이 기념미사였기 때문이다. 이는 청중석도 마찬가지. 제일 앞줄은 사제석, 그 뒤로 수도자석과 신자석이 있었다. 그날의 주인공인 수녀들은 수도자석에 앉아 있었다. 수녀들은 미사를 집전할 수 없기 때문에 봉쇄수도원의 경우에도 사제가 출장을 나와 미사를 집전해 주곤 한다. 서울 강북구의 성바오로딸수도원도 바로 담장 너머 성바오로수도원 사제들이 건너와 미사를 집전한다.

반면 성공회는 여성 사제를 인정한다. 미국, 영국 등에선 이미여성 주교도 나왔고 대한성공회에도 여성 사제가 나왔다. 그 중엔 수녀 사제도 있다. 지난 2007년 사제품을 받은 오인숙 카타리나 수녀 사제가 대표적이다. 6·25 전쟁고아였던 그녀는 성공회보육원에서 자라 성공회와 인연을 맺었으며 서강대 영문과를 졸업한 1964년 수녀원에 입회했다. 1988~1995년엔 성가수녀원장도 역임한 그녀가 대한성공회 수녀로서는 처음으로 사제 서품을 받은 것은 수녀회의 추천 덕분이다. 무엇보다 수녀들만 있는 수녀원이나 복지시설에서 열리는 미사와 각종 성사 때 사제를 초청하지 않아도 직접 집전할 수 있게 된 것.

2006년 부제副祭품을 받을 당시 만 66세였던 그녀는 당시 사제가 되는 소감을 묻자 이렇게 말했다.

"성공회 사제는 결혼할 수 있잖아요? 그런데 제가 사제가 된다고 해서 이 나이에 결혼할 것도 아니고, 호호호."

문화재가
문화재를 지킨다고?

"황룡아~ 활이야~, 이리 온~!"

2014년 12월 6일, 그해 들어 가장 추운 날이었다. 영하 8도 정도 되는 날씨로 인해 남한강변 신륵사는 모든 게 온통 꽁꽁 얼어 붙은 듯했다. 절 앞마당에서 세영 스님의 말이 떨어지자 저 멀리서 송아지만 한 '털 뭉치' 두 덩이가 흰 김을 뿜으며 달려와 스님 품에 안겼다. 황룡이와 활이는 천연기념물 제368호 삽살개들이다. 이 녀석들은 그해 3월 신륵사에 문화재를 '지키러' 왔다. 한국삽살개재단이 "문화재가 문화재를 지킨다"라는 슬로건을 걸고 전국 16개 사찰에 분양한 삽살개 중 두 마리다.

'문화재지킴이견 사업'은 궁여지책에서 비롯됐다. 경북 경산의 재단에서 삽살개를 보존하고 150여 마리를 키우고 있지만 개들의 행복을 위해서도 보다 자연스런 조건이 필요했다. 사람과 어울려 뛰놀면서 '개답게' 살 수 있는 환경을 마련해 주고 싶었던 것. 처음엔 흰 개미 식별을 목표로 삽살개들을 훈련했다. 흰 개미는 목조 문화재에는 치명적이다. 그러나 다른 곳에서 이미 다른 종의 개들을 훈련하는 것을 알고 계획을 접었다.

그 다음 대안이 문화재 지킴이였다. 충성심 강하고 용맹한 성격을 활용한 것이다. 문화재청의 사업 허가 후 희망 사찰을 모집하고 문화재지킴이 선발에 들어갔다. 기준은 까다로웠다. 첫째는 성품이 점잖고 사회성이 좋을 것, 둘째는 호감형 외모를 지닐 것. 사찰에서 풀어 키우더라도 일반 신자와 관람객들을 놀라게 해서는 안 되고, 도둑과 불나는 것만 잡아내기 위해서다. 심사 결과 주로 두세 살짜리의 수놈 20여 마리가 선발됐고, 방범·방화를 위한 훈련을 받았다. 장차 살게 될 사찰에 미리 인사도 다녀왔다.

드디어 2014년 3월 15일, '사람 반 개 반'이 모여 성대한 발대식을 갖고 구례 화엄사, 강화 전등사, 공주 마곡사, 양양 낙산사, 완주 송광사, 산청 율곡사, 영주 성혈사, 안성 청룡사 등 전국으로 흩어졌다. 초반엔 시행착오도 많았다. 삽살개들이 여기가 내 집이라 여기기도 전에 풀어놨더니 산으로 올라가 버리는 바람에, 삽살개재단 전문가들이 사흘 걸려 찾아 데려오기도 했다. 씻기는 법을 몰라 방치하는 바람에 거대한 '대걸레'가 사찰 마당을 뛰어다니기도 했다.

하지만 차츰 자리가 잡히면서 성과도 나왔다. 경북 영천 거조사에서는 밤에 수상한 사람이 들어오자 그곳을 지키는 '머루'가 법당까지 쫓아가 짖으며 바짓가랑이를 물고 놓지 않는 바람에 도난을 피할 수 있었다. 삽살개들 덕분인지 16곳의 사찰에서는 2014년에 한 건도 도난이나 화재 사건이 나지 않았다. 경남 창녕 관룡사의 '백산이'는 주지 스님과 신도들의 사랑을 듬뿍 받아 백산이가 목욕하는 날에는 신도들이 번갈아 자원봉사를 하고 있다고 한다.

삽살개재단 한국일 이사는 "일본 신사에 있는 고마이누도 실제로는 삽살개가 모델이 됐을 가능성이 큽니다. 일제강점기 학살돼 멸종 직전까지 갔었지만 삽살개는 삿된 것을 물리치는 수호신의 상징입니다"라고 말했다. 사전에서는 고마이누를 가리켜 이집트의 스핑크스가 중국을 거쳐 들어온 것으로 추정한다. 상상 속의 동물이라는 말이다. 그러나 고마이누 상像을 보면 누구라도 먼저 삽살개를 떠올릴 수밖에 없다는 이야기다.

"사찰에 삽살개가 살고 있다는 사실 자체로 범죄 예방 효과가 있습니다. 그래서 재단은 직원 두 명을 문화재지킴이견 업무에 전담 배치해 순회 관리하고 있지요."

이날도 한 이사 등 재단 직원 둘은 신륵사에 이어 오후엔 전등사를 간다며 떠났다. 문화재지킴이견 사업은 당초 2014년 시범 사업으로 시작됐으나 성과가 좋아 2015년에도 이어지고 있다.

1995년부터 신륵사 주지·회주로 19년을 지내다 그해 9월 수원사 주지로 옮긴 세영 스님은 "이 녀석들과 너무도 정이 들었다. 신륵사에 와서 살다가 재단에 돌아가 훈련 받고 있는 7개월짜리 흑룡이를 수원사로 데려갈까 한다"라고 말했다.

삽살개 재단은 전국에 흩어져 사찰을 지키고 있는 삽살개 사진을 모아 달력을 펴내기도 했다. 달력 속 삽살개들은 당당하고 늠름한 모습이다. 천연기념물은 대개 일반인들이 쉽게 만나지 못한다. 그만큼 귀하기 때문이다. 그러나 삽살개를 기르는 사찰에선 수백, 수천 년 전의 문화재도 보고 살아 돌아다니는 문화재(삽살개)도 보는 색다른 경험을 할 수 있다.

알바 뛰는
목사님

"월요일부터 금요일까지는 오전 10시에 식당으로 출근합니다. 근무는 오후 10시까지, 12시간입니다. 예배가 있는 수요일은 오후 8시 퇴근합니다. 금요일 예배는 아내가 인도하고 주일은 온전히 교회 예배와 목회 사역을 합니다."

서울 송파구에 사는 A목사. 50대 중반인 그는 한 달간 목회자로 일해도 사례비, 그러니까 보수가 없다. 월~금요일은 식당 보조로 출근해 오후 10시까지 12시간 일한다. 다만 수요일은 '일찍' 오후 8시에 퇴근한다. 수요 저녁 예배를 위해서다. 금요예배는 부인이 인도하고, 대신 주말에는 열심히 예배와 교회 사역에 집중한다.

낮에는 목회자, 밤에는 대리운전 기사, 편의점 아르바이트, 새벽엔 물류회사 하역부, 우유·녹즙 배달원. 그동안 소문으로만 돌던 이 같은 현실이 밝혀진 것은 지난 2014년. 실천신학대학원대학교 조성돈 교수가 목회자들을 대상으로 한 설문 결과였다. 조 교수는 이메일과 페이스북 그리고 전화를 통해 모두 904명의 목회자에게 물었다. 주제는 '목회자의 겸직'. 목회자 대상으론 처음 있는 조사였지만 결과는 놀라웠다. 월 사례비 기준으로 120~180만 원이 21.7%, 180~250만 원이 18.9%였고 80만 원 미만이 16%, 심지어 '받지 않는다'는 경우도 15%에 이르렀다. 2014년 보건복지부의 4인 가족 기준 최저생계비 월 163만 원에 못 미치는 경우가 3분의 2(66.7%)나 됐다.

전국 교회의 80% 정도가 미자립 상태이고 목회자 대부분의 수입이 최저생계비 이하라는 것은 이미 알려진 사실. 그러나 목회자들이 생활비나 자녀 교육비를 벌기 위해 대리운전, 퀵서비스 아르바이트까지 한다는 건 낯선 풍경이다. 앞에 열거한 직업 외에 주유소 주유원, 과외 강사 등도 있다. 조 교수 스스로도 "충격 받았다. 이 정도일 줄은 몰랐다"라고 했다.

현실이 이쯤 되면 자괴감을 가질 법도 하다. 그러나 조 교수가

5명을 심층 인터뷰한 결과, 목사가 부업하면 좋은 점이 있다는 대답도 나왔다. "노동하며 돈 벌어 교회에 헌금하는 것이 얼마나 힘든 일인지 알게 됐다", "목사라고 밝히고 일하다 보면 주변 사람들이 힘들고 어려울 때 상담하러 오더라. 거기가 바로 선교 현장 아니겠나" 등이다. 설문 응답자 중 73.9%가 목회자의 겸직에 찬성 또는 적극 찬성이었다. 젊을수록 찬성 비율은 더 높았다.

조성돈 교수는 "이 같은 현상의 근본 원인은 교인 수는 그대로이거나 줄고 있는데 목회자는 너무 많기 때문"이라고 했다. 그동안 교세 확장과 과시를 위해 목회자를 양산해 온 각 교단이 이제는 신학대학원을 통해 배출하는 목회자의 수를 조정할 시점에 왔다는 것이다.

불손한 표현이고 서글픈 현실이지만 엄연히 종교도 '시장'이다. 제공하는 서비스가 '영성'이란 점이 차이가 있지만 말이다. 알바 뛰는 목사님들은 그 시장의 밑바닥 정서를 체감하고 있다. 그들의 경험이 개인의 경험에 그치지 않고, 한국 교회가 국민들에게 보다 나은 영적 서비스를 제공하는 밑거름이 되길 기대하게 된다.

어려운 한자말, 많아도 너~무 많아!

"기자님, 우리 천주교에 대해 관심을 가져 주셔서 정~말 감사합니다만, 기사 중 '영성체를 나눠 주고 있다'는 '성체를 나눠 주고 있다'로 바로잡아야 합니다."

10년 전쯤, 출근하자마자 걸려 온 전화에 얼굴이 빨개졌다. 점잖은 말투였으나 요는 "이 무식한 기자야!" 이것 아닌가? 사전을 찾아보고 '아하!' 싶었다. '영성체領聖體'는 '성체를 받는다'라는 뜻이었다. '영수증' 할 때의 '영'처럼 말이다. 그런데 이건 시작이었다. 곳곳이 지뢰밭이었다.

2014년, 한국천주교주교회의는 용어를 새로 정리했다. 한글

전용세대와 현재의 언어 생활을 많이 배려했지만 오래 전부터 굳어진 용어는 그대로 남았다. 세례를 받고 일정 기간이 지난 후 신자가 받게 되는 '견진堅振'은 영어 'sacrament of confirmation' 으로 쓰는 게 요즘 젊은이들이 이해하기에 보다 쉬울 것 같다.

주로 봉쇄수도원에서 하는 기도방식인 '관상觀想 기도' 역시 '예수님께 신앙의 눈길을 고정한다'라는 설명을 보기 전엔 난감하다. '주일 미사'와 비슷한 말로 알기 쉬운 '교중敎衆미사'는 '교구장 주교와 본당 주임사제가 모든 주일과 의무적 축일에 미사예물을 받지 않고 자기에게 맡겨진 신자들을 위해 봉헌해야 하는 미사' 다. 즉 신자보다는 사제의 의무를 강조하는 용어인 셈이다.

지금은 행위 자체가 거의 사라진 '장궤長跪' 같은 용어도 있다. 허리를 세운 채 무릎 꿇는 것을 가리키는 말이다. '영세'도 막연히 '길 영永'일 것 같지만 '영성체'와 같은 원리로 '세례를 받다'는 뜻이다. 고로 '영세를 받다'고 하면 원칙적으로 틀린 표현이 된다. '고해성사'는 1967년에 '고백성사'로 바뀌었다가 이번에 다시 고해성사로 이름을 되찾았다.

그뿐이 아니다. '성체 거동擧動', '구속救贖', '장상長上' 역시 어렵고 '보속補贖' 역시 'satisfaction'이란 영어 단어가 더 쉽다. 누군가의 본명이 '세례명'인 것도 신자가 아닌 보통 사람들 눈에는 '그들만의 암호'로 보이기 쉽다. 그나마 그 본명도 해독 불가능한 경우가 많다. 앞서 말한 장면 전 총리의 일기가 그런 경우. 장 전 총리는 일기 중에 '요왕이' 등의 표현을 쓴 경우가 있다. 문맥으로 보면 분명 장익 전 춘천교구장을 가리키는 이야기가 맞다. 그런데 '요왕'이라니. '요왕'은 세례자 요한을 가리키는 옛날 용어다. 마찬가지로 안중근 의사를 천주교 신자들은 '도마 안중근'이라 부르는 경우가 있다. '칼과 도마'의 그 도마가 아니라 토머스를 우리식으로 표현한 것이다.

한때 건국대학교 입구에는 '방지거 병원'이 있었다. 나는 어린 시절 이것을 보며 방씨가 세운 병원인가 했다. 나중에 알고 보니 프란치스코 병원이었다. 프란치스코를 중국어로 발음이 비슷하게 방지거라 부른 것.

불교야 워낙 경전 자체가 한문이니 그렇다 쳐도 개신교 역시 만만치 않다. 장로교는 노회, 감리교는 연회가 있다. 한글로 보면 암호요, 한자로 '老會', '年會'라고 써놓아도 아리송했다. 둘은 각각 장로교와 감리교의 지방 단위 조직을 일컫는 용어다. 노회는 단위 지역의 목회자와 장로 대표로 구성된다는 '자격', 연회는 1년에 한 번 개최한다는 '기간'이 강조된 것이다.

그 외에도 '증경曾經', '치리治理' 등의 난관이 기다리고 있었다.

증경은 '일찌기 벼슬을 지낸'이란 뜻으로 조선왕조실록 같은 옛 문서에 '증경 정승' 같은 용례로 등장한다. 교리를 어기거나 불복한 사람을 징벌한다는 뜻의 '치리'도 참 어려운 한자말이다.

종교뿐 아니라 어느 조직이든 입문 당시에는 낯설어도 금세 익숙해지기 마련. 어려운 종교 용어도 마찬가지일 터. 어느새 어려운 용어를 익숙하게 구사하게 되면서 종교에 대한 소속감은 더욱 강해질지 모른다. 하지만 처음 입문할 당시의 낯설었던 기억을 되살려 본다면 지금 각 종교의 문지방 앞에서 서성이는 이들을 위해 조금 더 쉬운 말로 바꾸는 것이 좋지 않을까.

3년만 더 할 걸 그랬어요

충주 석종사 금봉선원장 혜국 스님은 오른손 손가락 세 개가 한 마디씩 없다. 젊은 시절 소지공양^{燒指供養} 깨달음을 얻기 위해 손가락을 불에 태우는 것했기 때문이다. 제주도 출신으로 13세에 해인사로 출가한 스님은 불경 공부를 좋아했다. 그렇게 10년 가까이 지났을 때 성철 스님이 불러 일갈했다.

"남의 돈만 세다가 우짤끼고? 내일부터 매일 5천배씩 올려라."

그리하여 혜국 스님은 삼칠일, 그러니까 21일씩 두 번 동안 5천배를 올리고, 책 읽고 글쓰기 좋아하는 손가락을 공양해 참선 공부에 매진하겠다고 결심했다. 그러고는 이를 실행에 옮긴 것.

그 후 그의 '롤 모델'은 성철 스님이 됐다. 성철 스님은 10년간 장좌불와長坐不臥 누워 자지 않고 하는 참선수행했다. 뭐든지 직접 해봐야 의문이 풀리는 혜국 스님은 태백산 토굴에 들어가 장좌불와를 시도했다. 그런데 잠이 자꾸 쏟아졌다. 해인사로 내려와 성철 스님을 찾아 궁금한 걸 물었다.

"스님은 졸리지도 않았습니까?"

"내가 목석이가?"

"생쌀을 씹으니 이빨이 닳아서 너무 아픕니다."

"이 무식한 놈아, 쌀을 불려서 먹어야지!"

그러면서 성철 스님은 쇠로 만든 발우절에서 쓰는 스님들의 공양 그릇를 줬다.

"물을 담아 머리 위에 올려놓고 수행해라."

그런데 이 쇠발우가 한 시간에 열 번도 넘게 떨어지고 물이 쏟아졌다. "아, 나는 안 되는 모양이다. 쓸모없는 인간이다"라고 생각하며 삶까지 포기하려던 어느 날, 잠깐 시간이 지났다고 생각했는데 하룻밤이 그냥 지난 상태였다. 해가 지고 있는 것을 보면서 자리에 앉았는데 어느새 아침 해가 떠오르고 있었던 것.

너무나 좋아서 벌떡 일어서니 그제야 머리 위에 있던 발우가

'쾅' 하고 떨어졌다. 그때까지 봐온 세상과는 전혀 다른 세상이 열렸던 것이다. 혜국 스님은 한달음에 해인사로 달려갔다. 성철 스님을 뵙고 사연을 이야기했더니 흐뭇해하며 자기 밑에서 3년 만 더 수행하라고 했다.

"그때까지도 그렇게 힘겹게 했는데 3년을 더 하라고 하시니 못하겠더라고요. 그래서 말씀을 안 들었죠."

그러나 시간이 흐르면서 후회가 됐다고 했다.

"그때 그렇게 환하게 보이던 것이 다시 구름이 낀 듯 흐려지는 겁니다. 그제서야 '그때 성철 스님 밑에서 3년 더 있을 걸' 싶었 습니다."

그는 이렇게 덧붙인다.

"성철 스님은 철저히 깨달은 상태로 자나 깨나 살아가신 분입 니다. 돈오돈수지요. 저는 그 정도는 못 됩니다."

사실 수행자로서 이만큼 솔직하기 쉽지 않다. 수행에 대한 간 절함과 이런 솔직함이 폐사지에 가까웠던 충주 석종사를 오늘날 대표적 간화선 수행처로 만들어 낸 원동력이 아닌가 싶다.

머리 기른
북한 스님?

평상복을 입고 머리카락을 기른 일단의 남성들이 줄지어 입장했다. 이들은 행사장 한 켠에 모여 가방을 열더니 일제히 붉은 색 가사를 꺼내 입었다. 그러고는 목에 염주를 걸고 반야심경 등을 합송했다.

2007년 6월, 북한 개성 영통사에서 벌어진 광경이다. 당시 남한의 천태종은 약 50억 원 어치의 자재를 제공해 2005년에 영통사를 복원했었다. 영통사는 고려시대 천태종을 연 대각국사 의천 스님이 머물렀던 곳. 영통사 참배와 개성관광을 연결한 버스 관광상품의 시작을 알리는 기념으로 기자들을 초청한 자리였다.

그런데 머리 기른 사람들이 스님들처럼 가사 두르고 목탁 두드리며 염불하는 모습은 아무리 뵈도 생경했다.

이 같은 광경은 그해 10월 금강산 신계사에서도 반복됐다. 신계사 역시 한때 금강산 4대 사찰로 불렸으나 6·25 때 전소됐던 것을 조계종의 지원으로 복원한 뒤 복원 낙성법회가 열린 것. 이 자리에서도 북한측은 머리 기른 대표단이 가사 두르고 염불했다.

이들은 조불련, 즉 조선불교도련맹 대표단이다. 종교가 없는 북한이지만 남한의 종교를 상대하는 기구는 있다. 조선그리스도교련맹(조그련), 조선카톨릭교협회 등이다. 또한 이들 나름대로 성직자 양성기관도 있고 성직자도 있다. 남북 종교계 교류활동에 참여했던 인사들에 따르면, 북한의 스님과 목사 중에도 신실한 신앙으로 감명을 주는 경우도 있다고 한다. 그러나 분단 후 70년 가까운 세월이 지나면서 남북은 너무도 다르게 변해 왔다. 그러다 보니 대외적인 '보여주기' 말고 실제 북한에서 종교 활동이 어떻게 이뤄지는지는 베일에 싸여 있다.

한때 남북 간에 종교 교류가 활발했던 적이 있다. 그런데 그 교류라는 것은 주로 남한 종교계가 북한을 지원하는 형식이었다. 김대중 정부와 노무현 정부 시절, 남한의 종교계는 경쟁적으로 북한 지원에 나섰다. 뒷말도 있었지만 신계사, 영통사 등 종교시설도 짓거나 보수했다. 여의도순복음교회는 평양에 조용기 목사의 이름을 딴 조용기심장병원을 짓기로 하고 공사를 벌이기도 했다. 불교계도 한동안은 남한의 스님이 신계사에 상주하기도 했다. 그러나 남북 관계는 늘 조마조마한 법. 결국 금강산 관광객 피살 사건과 연평도 포격, 천안함 사건이 이어지다 5·24 조치로 남북관계가 단절되면서 종교 교류 역시 완전히 중단됐다.

그렇게 '올스톱'된 종교계의 남북 관계는 2015년에 광복 70주년과 분단 70주년을 맞아 조금씩 회복되는 모양새다. 2015년 3월에는 북한 조불련 관계자가 중국 선양에 나와 이틀 간격으로 조계종 총무원장 그리고 천태종 총무원장과 연달아 회담을 갖기도 했다. 개신교계 관계자들도 선양에서 조그련 관계자들과 만남을 가진 것으로 알려졌다. 천주교 역시 주교회의 차원에서 평양 장충성당 복원을 지원할 계획을 밝혔다.

그러나 대북활동을 하는 종교인들은 "북한 종교의 경우, 그들이 보여 주는 공식적인 활동의 뒷면을 봐야 한다"고 말한다. 지금도 분단 이전 교회 주보를 간직한 사람들이 있는가 하면, 벽에 구멍을 파고 십자가를 모셔 둔 신자들도 있다고 한다. 또 복원된 신계사를 지켰던 제정 스님은 최근 불교 월간지《불광》과의 인터뷰에서 "당시 불전함에서 고액권 북한 지폐가 나온 적도 있다"라고 말했다. 북한이 아무리 종교를 탄압해도 인간 본연의 신앙심까지 막지는 못하는 셈이다.

그런 점에서 남북 간 종교 교류는 '보여 주기' 차원의 시늉이나 거래가 아니라 지난 70년 동안 남몰래 신앙을 간직하고 살아온 보통 사람들이 자유롭게 종교 활동을 할 수 있는 방향으로 나아가야 하지 않을까.

마지막 순간을
함께하는 사람들

대학 시절 한 선배의 부친상에 조문을 갔다가 놀랐던 기억이 있다. 그 선배의 부친은 독실한 천주교 신자였는데, 장례식장도 성당에 마련된 것은 물론 염습부터 발인까지 모든 절차를 성당에서 도맡아 해준다는 이야기 때문이었다. 실제로 빈소에는 신자들이 끊이지 않았고, 이들 모두 연도기도를 하고 있어 조문객이 뜸해도 유족들이 쓸쓸할 틈이 없을 정도였다. 교우들이 상을 당했을 때 이렇듯 전문적으로 도와주는 분들이 각 성당마다 조직되어 있다고 했다. 천주교에 대한 상식이 전무하던 시절이지만 상당히 감동받았던 기억이다.

당시만 해도 장례를 집에서 치르던 시절이었다. 단독주택에 사는 사람은 마당에, 아파트 주민도 빈소는 자신의 집에 차린 후 아파트 주차장에 차일을 치고 조문객을 접대했다. 그래서 골목이나 아파트 베란다 창틀에 상가喪家임을 알리는 등燈이 내걸린 모습을 보는 것이 드물지 않았다. 그런 시절, 성당에 장례식장이 마련돼 있고 모든 장례 절차를 신자들이 맡는다는 것은 신기한 일이 아닐 수 없었다.

훗날 종교 분야 취재를 맡고 언젠가 그 이야기를 꺼냈더니 신부님들이 "아, 연령회라는 조직이 있지요"라고 말했다. 연령회煉靈會. 최근엔 '선종봉사회'라 부르는 이 조직은 신자 본인이나 가족이 상을 당하면 바로 달려가 염습부터 입관, 발인까지 모든 절차를 진행해 준다. 연령회는 각 성당마다 있으며 전국 조직도 있다. 성당 장례식장은 물론 병원 장례식장에도 찾아간다. 그 치밀함에 상주나 조문객들은 혀를 내두를 정도다.

연령회의 기원은 조선 후기, 천주교가 박해받던 시기로 알려져 있다. '천주학쟁이=순교'이던 시절, 시신을 거두는 일마저 꺼리던 당시에 교우들끼리 가족의 장례를 치러주면서 자연스럽게 생겨난 것으로 보는 것이다. 한국 천주교회는 박해가 끝난 이후 이미 1864년《천주성교예규》를 만들어 상·장례 예식서로 사용했다. 2003년에는 《상장 예식》을, 2010년에는 천주교 서울대교구 연령회 연합회가 《가톨릭 상·장례—염습과 입관》이란 책자까지 발행했다. 이 책자에는 임종, 운명, 운구, 안치, 염습 등을 비롯해 수의를 입혀 입관하고 장지에 도착해 탈관하는 전 과정이 사진과 함께 꼼꼼히 소개되어 있다. 일반인들도 이것만 잘 읽으면 염습부터 입관까지 할 수 있겠다 싶을 정도다.

연령회가 이 같은 책자까지 내게 된 것은 우리 민족의 전통적인 상·장례를 기본으로 하되 교회 정신에 어긋나지 않도록 하기 위해서다. 그래서 연령회원들은 수시로 교육도 받는다. 장례식장에서 연령회의 헌신적인 봉사를 목격한 어르신들이 만년에 천주교에 입교하는 경우도 있다. '내가 세상을 떠나도 저렇게 봉사해주겠지' 하는 감동과 기대 때문이다. 임종 전 일종의 비상 세례인 '대세代洗'를 받은 뒤 천주교인으로 세상을 떠나는 것이다.

천주교에 연령회가 있다면 불교에는 '지장상조회'가 있다. 서울의 불광사, 봉은사, 부천의 석왕사 등의 상조회가 유명하다. 사찰은 산중에 있는 경우가 많기 때문에 상·장례 봉사는 아무래도 도심 사찰을 중심으로 이뤄지는 것. 지장회 회원들은 신자가 상을 당하면 빈소로 가서 염불 봉사를 해준다. 이를 '시다림'이라 한다. 갓 숨진 사람을 위해 설법하고 금강경이나 반야심경 등을 독송하며 망자의 넋을 위로한다.

개신교 교회에서도 성도들이 상을 당하면 조를 이뤄 빈소를 찾는다. 찬송을 함께 불러 주며 망자를 추모하고 상주들을 위로한다. 신자들로서는 교우들의 이 같은 위로가 큰 힘이 됨은 물론이다.

점점 이 세상 떠나는 길이 외로워지는 시대다. 가속화되는 저출산·고령화에 따라 고독사 역시 늘어가는 추세다. 그 마지막 길에 든든한 길동무가 되어 준다는 것은, 가는 이나 보내는 이 그리고 그 과정을 지켜보는 모든 이에게 따뜻한 풍경이 될 것이다.

'되기'는 쉬워도
'살기'는 어렵다

2015년 3월, 가야금 명인 황병기 선생과 그의 아내인 소설가 한말숙 선생이 세례를 받고 천주교 신자가 돼 화제가 됐다. "죽음 이후에 대해 너무 모른다는 생각에 저승이 있다면 죽은 후에도 만나자 싶어 함께 세례를 받게 됐다"라는 게 노부부가 천주교 신자가 된 이유였다. 당시 이들 부부는 2개월간 교리를 배웠다고 했다.

각 종교의 신자가 되는 데도 다 길이 있다. 천주교는 대개 6개월간 교리를 배워야 한다. 1주일에 한 번씩 성당에서 기본적인 교리와 전례_{교회가 하느님께 드리는 공적 예배}를 배운다. 천주교 전례는 따로 배우지 않으면 따라 하기도 어렵다. 이렇게 교리 공부를 마치면 대개 부활절이나 성탄절 무렵 세례를 받게 된다. 세례를 받고 세례명을 갖고 거주지 성당 교적敎籍에 이름을 올리면 비로소 신자가 된다. 이사할 때는 전학할 때처럼 교적도 옮겨간다.

개신교의 경우 '등록' 자체는 1개월 안팎이면 가능하다. 그러나 정식으로 교회의 각종 의사 결정에 참여할 수 있는 '등록 세례교인'이 되기 위해서는 통상 1년이 걸린다. 일반적인 경우, 교회에 출석할 결심을 밝히면 4주 과정의 '새신자반' 프로그램을 듣게 된다. 이를 수료하면 공식적으로 등록교인이 되는 것이다. 보통 등록 후 6개월간 꾸준히 출석하면 선서를 통해 학습 세례를 받게 되고 다시 6개월 후 정식 세례를 받으면서 등록 세례교인이 된다.

그런데 이렇게 얼마간 교회에 출석하다가 교회를 옮기는 경우가 생긴다. A교회에 등록을 해놓고, 다른 교회에도 등록하는 '2중, 3중 등록교인'이 나오게 되는 것이다. 이 과정에서 허수虛數가 생기기 때문에 개신교계에서는 교인 수를 계산할 때 '등록교인'과 '출석교인'으로 구분하기도 한다.

불교는 천주교나 개신교처럼 교육 후 신자로 등록된다는 개념이 없었다. 1년에 한 번, 부처님 오신 날에 절에 가서 연등만 달아도 스스로 천만 불자에 속한다고 여기는 사람이 많았다. 하지만 불교도 달라지고 있다. 조계종은 2010년대 들어 신자 교육을 강화하고 있는데, 조계사의 경우 주 1회 2시간 10주 과정의 기본 교육을 마친 후 계戒와 법명法名을 준다. 10주 과정에는 사찰 기본예절부터 봉사활동, 일요 법회 참석 등이 포함된다. 선착순 100명씩 모집하는데 벌써 88기째. 이렇게 기본 교육을 마치고 사찰에 등록하면 조계종 포교원이 신도증을 발급한다. 아직 체계화되는 과정이라 전체 신도증 발급 규모는 비공개(?)다.

이렇게 종교별로 신자가 되는 방법은 다르지만 공통점이 있다면 모든 종교가 '신자 되기'보다 '신자로 살기'를 강조한다는 것. 그것은 예수 그리스도의 제자, 석가모니의 제자로서 삶과 신앙을 일치시키는 것이 종교의 궁극적인 목표이기 때문일 것이다.

사찰을 넘어선
사찰음식 이야기

2000년대 들어 웰빙 바람이 불면서 사찰음식이 크게 각광받았다. 비료나 농약을 쓰지 않고, 제철 재료를 사용하는 데다 첨가물 사용을 최소화하는 등 각종 성인병 예방에 좋은 것으로 알려지면서다. 조계종 종단 차원에서 사찰음식 전문점을 운영하는가 하면 시중에도 사찰음식을 응용한 음식점이 속속 들어섰다. 사찰음식 강좌와 레시피를 안내한 책이 베스트셀러가 되었고 사찰음식 스타 셰프도 등장했다.

사찰음식이 각광받는 한편에서는 사찰 장류醬類의 인기도 만만치 않다. 옛날처럼 집에서 메주를 띄워 된장이나 간장을 만들던 풍경이 거의 사라졌기 때문. 일반 가정에서도 된장·고추장·간장을 사서 먹다 보니 '더 좋은 것', '더 믿을 만한 것'을 찾게 된 것이다.

불교계에서 장류로 유명한 사찰은 통도사, 해인사, 영평사 등이다. 통도사는 서운암이 장류로 유명한데 웬만한 초등학교 운동장만 한 장독대를 보면 입이 떡 벌어진다. 이 장독에 담가 생산된 된장·고추장·간장·막장을 일반에도 판매한다. 해인사도 2011년부터 스님들 공양간에서 쓰이던 된장과 간장을 시중에 판매하기 시작했다.

한편 해인사의 장은 국내산 콩과 해인사 23개 산내 암자 중 가장 높은 해발 900m 고불암 약수를 사용하고 콩도 가마솥에 삶는 등 전통 방식 그대로 만들고 있다. 매년 봄 된장과 간장을 나누는 '장 가르기' 때는 학인 스님 등 150명이 직접 운력에 나선다는 것도 '해인사에서 빚은 장맛(홈페이지)'의 자랑. 해인사 스님들이 먹는 것과 똑같은 제품을 판다는 것이 가장 큰 장점이다.

가을철 구절초축제로 유명한 영평사는 아예 '영평식품'이란 회사를 차려 스님과 재가자들이 함께 사찰음식을 만들어 판다. 인터넷 쇼핑몰 '산사의 참맛' 홈페이지에는 영업허가증도 올려놓았다. 죽염된장과 청국장이 유명하고 그밖에도 장아찌, 꽃차, 구절

초와 헛개나무 추출액도 판매한다.

사찰에서 판매하는 음식을 맛본 사람들은 처음에는 "거칠다"라는 반응을 보인다. 된장·간장은 짜다는 반응도 있다. 첨가물이나 조미료 등을 넣지 않고 전통 방식으로 만들었기 때문이다. 그래서 차츰 익숙해질수록 깊고 구수한 맛을 느낄 수 있다고 한다.

사찰에서 직접 장을 담가 파는 것은 사찰 재정에 도움이 된다. 또 사찰 된장은 믿고 먹을 수 있다는 인식이 확산되면 결국 불교 전반에 대한 호감도를 높이는 부수적 효과도 있다. 이 같은 호응에 힘입어 한국불교문화사업단은 2014년 11곳의 '사찰음식 특화 사찰'을 지정한 데 이어 2015년에도 선정에 나서고 있다.

서구의 천주교 수도원이 맥주, 치즈 등을 만들어 팔았던 전통과 비교해 본다면 우리 사찰들이 장을 담가 판매하는 것은 현대판 '일일부작 일일불식(하루 일하지 않으면 하루 먹지도 말라)'하는 자급자족 정신의 실천이 될 것이다.

기적을 보여 준
소망교도소

"첫째 공적功績은 미신의 타파요, 둘째는 국어와 국문의 발달, 셋째는 근대문화의 세례요, 넷째는 부녀자의 해방, 다섯째는 의례의 간소화 등이다."

육당 최남선은 광복 후 펴낸 《조선 상식 문답》에서 개신교가 우리 민족에 전해 준 선물을 이렇게 분석한 바 있다. 근대문화의 세례로는 학교·의료사업, 신新음악에서 집회·오락·교제·연설, 토론 등 공동생활 양식의 보급과 음식·의복·원예·공작 등에 관한 가르침을 꼽았다. 그런데 이제 개신교의 공적 목록에 한 가지를 추가해야 할 것 같다. 교정 사업, 즉 교도소다.

2014년 12월 1일, 경기도 여주 소망교도소. 국내는 물론 아시아 최초의 민영교도소인 이곳에서 4주년 기념예배와 세례식이 열리고 있었다.

"예수를 구주로 믿는 ○○○, 성부와 성자와 성령의 이름으로 세례를 주노라."

교도소를 운영하는 재단법인 아가페의 이사장 김삼환 목사는 푸른 수의를 입은 수용자 머리에 양손을 얹고 말했다. 수용자의 귓가로는 세례수가 주르륵 흘러내렸다. 보는 이들의 눈에는 이들의 죄도 함께 씻겨 내려가는 것처럼 보였다.

소망교도소는 교정당국과 국내 개신교계가 함께 벌여 온 '실험'이다. 1990년대부터 교계를 중심으로 벌어진 민영교도소 설립운동은 지난 2010년 12월 1일 소망교도소가 개소하면서 일단 결실을 맺었다. 명성교회가 주축이 돼 이룬 성과였다. 전국 수용자들로부터 이감 신청을 받았는데 자격은 징역 7년 이하 수용자 중 남은 형기가 1년 이상 7년 미만인 남성이었다. 문제는 그 다음이었다. 개신교계가 목표로 삼은 '재수감률 5% 이하'를 달성할 수 있을 것인가에 관심이 집중되었다.

결과부터 말하자면 성공. 이날 예배에 앞서 명성교회 신자들에게 현황을 설명하던 박효진 부소장은 이렇게 자랑했다.

"성범죄자는 재수감률이 가장 높습니다. 지난 4년 간 저희 교도소에서 출소한 성범죄자는 85명인데 지금까지 단 한 번도 재범이 없습니다. 저희가 대한민국의 딸들을 지킨 겁니다."

곳곳에서 "아멘!"이라는 감탄사가 흘러나왔다. 실제로 총 371명인 출소자들의 재수감률은 4% 내외다. 국내 교정시설로는 경이로운 기록이다.

이런 변화에는 직원들의 헌신도 한몫했다. 일단 박효진 부소장부터가 청송보호감호소 등 험한 곳에서 근무하며 재소자들을 감화시키기로 유명하다. 또한 이날 예배와 세례식이 열린 강당에서 재소자와 방문객의 자리 구분은 없었다. 안내를 맡은 교도관은 "여기까지는 형제들 자리, 그 앞으로는 손님 자리입니다"라고 말했다. 이곳에선 수용자를 번호 대신 이름으로 부르고 '형제'라 부른다. 수용자가 처음 들어오면 교도소에서는 성장 과정부터 꼼꼼히 따져 맞춤형 교정교육을 실시한다. 멘토도 붙여 준다.

이곳 재소자들로 구성된 소망합창단이 무대에 올랐을 때, 평범한 교회 성가대로 착각할 만큼 이들은 편안한 표정들이었다. 그래서인지 전국 수용자들 사이에 소망교도소 이감은 '로또'로 통한다고 한다.

"여기서 우울증을 고쳤다는 수용자의 말을 듣고 이제는 개신교 민영 교도소가 가능하냐 아니냐의 차원이 아니라 새로운 가치를 창조하고 있다는 생각이 듭니다."

소망교도소 심동섭 소장의 말이다. 법무부 윤경식 교정본부장 또한 소망교도소가 국내 교정 역량을 한 단계 끌어올렸다고 하면서도, "아직 민간이 교도소를 운영하는 것이 정당하냐는 논의가 있는 만큼, 믿음과 지지를 높일 수 있도록 더욱 노력해 주십시오"라고 당부했다. 교정 당국의 눈에는 완전히 안심할 단계는 아니라는 이야기다.

하지만 불가능할 것으로 보였던 교도소가 문을 열고 지금까지 기적적으로 운영된 것만으로도 가능성을 충분히 보여 준 만큼 소망교도소의 앞날이 기대된다. 그런 뜻에서 '관음교도소', '성모교도소' 등이 문을 여는 날도 기대해 본다.

다시,
순례길을 생각하다

"아, 여기가 달마 대사가 9년 면벽面壁한 곳이야?"

지난 2007년 중국 소림사 뒤편 바위 동굴. 깎아지른 듯한 절벽 가까운 바위 중간 쯤에 작은 점 하나가 보였다. 계단을 따라 30~40분쯤 숨을 헐떡이며 올라가니 작은 점은 점점 커져 동굴이 됐다. 아래로는 소림사가 한눈에 보였다. 9년 면벽이란 달마 대사의 행적에 '감'이 잡혔다. 누군가 힘은 들겠지만 기본적인 식량을 날라다 줄 수 있는 거리였다. 그 누군가는 그가 면벽하고 있다는 '뉴스'를 외부에 알려 줄 메신저도 될 수 있었을 게다. 종교담당 기자들의 중국 선종 사찰 순례 때 겪은 느낌이다.

이처럼 순례는 종교 창시자 혹은 뚜렷한 족적을 남긴 성인들의 자취를 찾아 참배하는 종교적 행위다. 확실히 현장을 직접 답사한다는 것은 경전을 읽는 것과는 또 다른 현장감을 준다. 종교별로 유명한 순례지도 많다.

요즘 대표적인 것은 산티아고 순례길. 천주교 신자들이 프랑스 남부에서 스페인 북서부 산티아고 콤포스텔라까지 약 800㎞를 30~40일씩 걷는 순례길이다. 예수님의 12제자 중 한 명인 성 야고보(스페인어로는 산티아고)가 당시로서는 '땅끝'인 이베리아 반도 끝까지 와서 그리스도교를 전하고 예루살렘에서 순교한 후 묻혔다는 곳이다. 1982년 요한 바오로 2세 교황이 방문하고, 브라질 출신 작가 코엘류가 이곳을 걸은 경험을 담은 작품《순례자》를 발표한 후 관심이 급증해 지금은 연간 20만 명이 걷는 길이 됐다.

개신교 · 천주교 신자들이 공통적으로 순례하는 성지는 예루살렘 등 이스라엘의 각 지방, 이집트와 시나이산 등 중동 지역 그리고 그리스와 터키 일대다. 이집트와 이스라엘은 구약과 예수님의 자취를 찾아서, 그리스와 터키는 사도 바울의 발길을 따라가는 여정이다. 천주교 신자들은 이탈리아, 프랑스 등도 많이 순례한다. 바티칸이 있는 로마야 말할 것도 없고 프란치스코 성인이 머물렀던 아시시 등 성지가 도처에 있기 때문.

불교 신자들은 주로 중국과 인도를 찾는다. 부처님의 탄생지부터 열반지까지 4대 혹은 8대 성지를 찾는 인도 순례와 우리에게 불교를 전해 준 중국의 불교 성지를 찾는 것. 그런데 2015년 조계종 기관지 〈불교신문〉에 조계종 스님들이 그리스·터키의 그리스도교 성지 순례를 한 사진이 실렸다. 의외였다. 불교 성지 순례는 '인도'에서 더 이상 서진西進하지 않는 것이 관례 아닌가.

이 성지 순례는 조계종 교육원이 기획한 것. 기획자인 교육국장 진광 스님은 "왜 스님들이라고 맨날 인도 아니면 중국의 성지만 순례해야 하는가? 이웃 종교의 성지를 순례함으로써 안목을 넓힐 수 있다고 생각해 스님들의 그리스·터키 순례를 기획했다"라고 말했다. 이렇듯 자신의 종교 외에 이웃 종교의 성지도 순례하는 종교인 혹은 신자들이 늘수록 우리 사회도 이웃에 대한 이해의 폭이 더 넓어지지 않을까.